VAUT-IL MIEUX ÊTRE TOUTE PETITE OU ABANDONNÉ À LA NAISSANCE ?

MIMIE MATHY
& GILLES LEGARDINIER

VAUT-IL MIEUX ÊTRE TOUTE PETITE OU ABANDONNÉ À LA NAISSANCE ?

Essai joyeusement comparatif
sur ce qui peut détruire ou construire

belfond

Retrouvez-nous sur www.belfond-noir.fr
ou www.facebook.com/belfond

Éditions Belfond,
12, avenue d'Italie, 75013 Paris.
Pour le Canada,
Interforum Canada, Inc.,
Bureau 1100,
Montréal, Québec, H2L, 4S5.

ISBN : 978-2-7144-7429-2

Belfond | un département **place des éditeurs**

place
des
éditeurs

C'est ta chance, le cadeau de ta naissance,
Y a tant d'envies, tant de rêves qui naissent d'une vraie souffrance
Qui te lance et te soutient
C'est ta chance, ton appétit, ton essence,
La blessure où tu viendras puiser la force et l'impertinence,
Qui t'avancent un peu plus loin…

Jean-Jacques Goldman

SOMMAIRE

AVANT-PROPOS
par
Gilles Legardinier

Avant toute chose, il faut que je vous raconte comment ce livre est né. La vie orchestre parfois des rendez-vous aussi jolis qu'improbables, agençant des hasards qui finissent par réunir deux parcours autour de ce qui semble les séparer mais qui, au plus profond des êtres, au-delà des apparences, les réunit. Voici une histoire qui commence par une rencontre sans se voir, portée par une émouvante curiosité réciproque, basée sur un sentiment très personnel qui en principe ne se partage pas.

Ce livre est assez particulier pour qu'il exige de planter le décor en vous confiant pourquoi il a vu le jour. Il me semble également utile de préciser, avant d'aller plus loin, que ni Mimie ni moi ne sommes les représentants d'un quelconque groupe et que nous ne prétendons parler au nom de personne. Chacun vit sa propre vie à sa façon et porte sur son parcours le regard qu'il souhaite. Tant mieux pour notre liberté à tous !

Mettons tout de suite les choses au point : cet ouvrage n'a pas pour but d'étaler les malheurs dont Mimie et moi aurions brillamment triomphé – pour ma part, je n'ai triomphé de rien ! – mais plutôt, à travers un échange libre et bienveillant, d'aller chercher la clé qui pourra être utile à chacun dans le combat que nous livrons tous pour devenir nous-mêmes. Vaste programme que nous aborderons joyeusement, en n'éludant aucune question, y compris celles que l'on n'ose jamais nous poser et qui sont à se tordre de douleur ou de rire. Mimie sait de quoi elle parle et sa sincérité est rare. J'espère répondre aux mêmes caractéristiques. Le fait est que personne d'autre qu'elle et moi n'aurait pu avoir ce dialogue.

Elle mesure un mètre trente-deux, j'ai été abandonné à ma naissance. Nous sommes des millions dans le monde à posséder l'une ou l'autre de ces particularités, parfois même les deux. Comment vit-on avec cela ? Comment l'appréhender ? Qu'est-ce que cela change dans une vie ? Qu'est-ce qui est le plus grave, docteur ? Qui est le lièvre, qui est la tortue dans la course que constitue l'existence ? Ces questions délibérément décalées sont le prétexte à une envie d'échanger simplement, d'aller explorer les mécanismes auxquels chacun de nous est confronté dans son histoire personnelle. Comment utilise-t-on, souvent inconsciemment, ce qui aurait pu nous détruire pour se construire ? Avec qui peut-on en parler en toute franchise, sans peur d'être jugé, sans crainte d'être moqué, mais avec l'espoir d'obtenir de vraies réponses qui pourront éclairer nos chemins ? Il faut avoir la grande chance de trouver quelqu'un qui ait le même genre d'interrogations et qui accepte ce jeu d'humanité hors des discours tout faits, souvent servis par des gens qui ne savent pas forcément de quoi ils parlent. L'enjeu : apprendre, comprendre, et surtout avancer.

Mais, si vous le voulez bien, revenons d'abord au commencement. Ma rencontre avec Mimie remonte à bien longtemps, sans même qu'elle s'en doute. C'était un dimanche, alors que j'étais venu déjeuner chez mes parents. Je suis incapable de vous préciser la date, mais Mimie n'était pas encore la célèbre personnalité qu'elle est aujourd'hui. Comme souvent chez mon père et ma mère, la télé était allumée par principe. Je discutais avec papa, lui dans son fauteuil et moi dans le canapé, lorsque, tout à coup, une voix surgie du poste attira mon attention. Je ne sais plus de quoi il était question, j'ignore même quelle émission ma mère regardait – Michel Drucker ou Jacques Martin peut-être –, mais quelque chose dans cette voix inconnue m'a attiré d'emblée. Un mélange d'énergie, de conviction associé à un ton enjoué très frais, incroyablement jeune. Je me tourne pour regarder l'écran. Je découvre des yeux bleus magnifiques, un sourire à bouffer la vie, une chevelure blonde dont chaque cheveu semble être une fusée d'or tirée vers le ciel. En gros plan, le visage d'une jeune femme irradiant de vie. L'image passe en plan large et elle apparaît près du présentateur. Je m'aperçois qu'elle n'est pas grande, du tout, mais cela semble n'avoir aucune influence sur son comportement. Elle est comme ça, c'est tout. Volontaire, capable, très sympathique. Ce qui pourrait sembler un paradoxe révèle immédiatement quelque chose d'intense et de rare. J'ai toujours aimé saisir la mécanique des gens, leurs moteurs, leurs lignes de force, leur architecture intérieure. J'envisage toujours les êtres comme des monuments. Le style de leur façade, la matière dont ils sont faits, leur accessibilité, leurs antichambres, les escaliers secrets qui conduisent des salles d'apparat aux cryptes... Cette jeune femme dont j'ignore encore le nom me fascine aussitôt. J'ai grandi aux côtés de personnes à qui la vie a souvent placé des bâtons dans les roues, et les différences ne me font pas peur. Maladies, accidents de la vie, handicaps... J'ai depuis longtemps appris à dépasser les apparences et les préjugés. J'ai aussi découvert que ne pas coller aux prétendus standards peut déclencher des alchimies intérieures qui secrètent des humains magnifiques. Voir plus près, au-delà des clichés, étudier les leviers d'action, sentir les énergies. J'entends le nom de cette jeune femme, je le retiens tout de suite. Je me dis aussi que cette personne – avec qui je suppose alors que je n'aurai jamais aucun lien – est sans doute une de ces pépites façonnées par un torrent de vie qui réduit le plus dur des rochers en sable mais auquel les diamants résistent.

Depuis, Mimie est devenue une figure majeure de l'univers artistique de notre pays. Tout le monde l'identifie. Elle est ce qu'il convient d'appeler une icône populaire. À travers ses différents projets, j'ai découvert ses nombreux talents. Le fait est que tous reposent sur sa personnalité, sur ce qu'elle est. C'est une clé essentielle pour la comprendre. Quoi qu'elle fasse, elle ne se trahit jamais, elle ne cache rien, elle ne se renie en aucune façon. J'aime ce qu'elle fait, mais plus encore, j'aime ce qu'elle dégage spontanément. Dans notre monde où les médias exposent souvent des gens discutables qui deviennent de fait des modèles supposés nous représenter ou nous inspirer, elle apparaît comme une nature vraie, hors norme par de nombreux aspects. C'est d'ailleurs sans doute pour cela que des millions de gens se sentent si proches d'elle et lui vouent une fidélité quasi familiale. Il suffit de faire dix mètres dans une rue à ses côtés pour s'en rendre compte !

Avec les années, je suis resté fidèle à mon goût de l'observation des gens et je n'ai jamais perdu Mimie de vue. À travers ce que je saisissais d'elle, je continuais d'étudier son architecture et le souffle qui l'anime. Entamant moi-même un petit bout de chemin, j'ai toujours gardé une tendresse envers elle parce que j'aime les gens qui dépassent leurs limites en se tournant vers les autres.

Voilà deux ans, j'apprends que Mimie Mathy, à qui l'on demandait ce qu'elle lisait, avait répondu : « Gilles Legardinier, j'adore ce que ce mec écrit, j'adore ses histoires. » Beaucoup de gens me lisent, y compris des gens connus, mais ceux-ci, paralysés par les codes, les images et les passages obligés du bon goût officiel, ont rarement le courage de le dire. Mimie vit un peu la même chose et ce n'est pas si grave, nous avons assez de bonheur avec ceux qui nous assument au-delà des a priori ! Touché par cette annonce spontanée, j'ai cherché à la contacter pour la remercier de m'avoir mentionné. Elle m'a répondu, naturellement, avec son énergie, son envie d'aller vers les autres. Nous avons correspondu par mail et téléphone pendant quelque temps, décidés à nous rencontrer en vrai dès que possible. À travers nos échanges, j'ai encore un peu plus appris à la connaître.

Nous avons déjeuné ensemble la première fois un 1er avril – ça ne s'invente pas ! Le courant est tout de suite passé. On s'est retrouvés comme deux copains d'école qui ne se seraient pas vus depuis quinze ans. Tout a été fluide, facile, vivant, drôle, souvent touchant. J'avais déjà l'idée de ce livre en tête mais j'hésitais à la lui proposer. Vous vous rendez compte ? Une artiste de sa notoriété devant qui je débarque pour lui dire : « Voilà, j'ai encore eu une drôle d'idée – ça m'arrive tout le temps ! Pourquoi on ne ferait pas un livre comparatif sur le fait d'être petite ou abandonné à la naissance ? » Ma femme, Pascale, m'avait dit : « Si tu as bien compris le personnage, je pense qu'elle aimera. Attends de voir comment ça se passe et n'aie pas peur de lui en parler. » On a mangé, on a rigolé, on a discuté de trucs vachement sérieux, et, au dessert, je lui ai proposé de coécrire ce livre. Elle m'a regardé droit dans les yeux, elle a souri, elle a tout de suite dit oui, et c'est parti comme ça.

Nous nous sommes beaucoup revus dans les mois qui ont suivi. On s'est parlé des heures, raconté des trucs impossibles, posé des questions directes, naïves, hilarantes. Un peu comme un gamin assoiffé de connaissances ayant soudain accès à quelqu'un de sage qui accepte de lui répondre. Je ne saurai jamais ce que signifie une vie en faisant la taille de Mimie dans notre monde ; elle ignore ce que signifie le fait d'avoir été abandonné, puis adopté. Mais nous partageons le même élan de vie, la même rage d'aller vers les autres en ayant compris qu'ils ne restent près de vous que si l'on donne tout.

Vous tenez le résultat de cette rencontre entre vos mains. J'espère qu'il vous sera aussi agréable qu'utile. Parce que dans la vraie vie, même si tout est possible, aucun ange gardien ne viendra exaucer vos vœux à votre place. Mimie, cette grande dame, est particulièrement bien placée pour le savoir… Par contre, ce sont souvent des rencontres qui vous ouvrent les portes du monde, y compris du vôtre.

Installez-vous avec nous. On a des choses à se dire.

Gilles

P.-S. de Mimie : Pardon, mais avant que vous ne commenciez à nous lire, je voudrais juste ajouter quelques mots à ces propos « legardiniens ». Même s'il a tout dit et mieux que moi… car c'est un auteur.

Je ne sais pas ce que vous en pensez, mais je crois aux signes du destin. Même si je crois aussi qu'il faut se bouger pour les capter. J'ai toujours pensé que les anges gardiens existent et nous indiquent un chemin, qu'ils mettent sur notre route de bonnes et de mauvaises personnes. J'ai, dans ma « petite » vie, rencontré toutes sortes de gens, des cons et des génies. Des petits et des grands, d'ailleurs. Mais quand on a la chance de croiser quelqu'un qui a tant de talent, c'est un cadeau de plus que nous offre la vie. Merci, Gilles, et bravo à tes parents. Adoptifs ou pas, ils ont fait de toi un monsieur que je suis fière de connaître. Quand je vais dire à ma famille qu'on travaille ensemble sur un livre, je vais prendre du galon…

C'est tout ce que j'avais à ajouter, alors bienvenue dans nos vies.

LE JEU DES DIFFÉRENCES

On se retrouve chez Mimie un mardi matin pour notre première vraie conversation. Elle est entre des essayages costumes et des rendez-vous. On s'assoit, heureux d'être ensemble. On ne sait pas exactement comment vont se dérouler nos entretiens mais nous sommes d'accord sur l'essentiel : on ne se dira que la vérité. Aucun de nous n'est inquiet, nous sommes même impatients. Nos regards croisés sur nos vies respectives sont une chance unique.

Gilles : À quel âge as-tu pris conscience de ta différence ?

Mimie : Très tôt. Maman m'a raconté que lorsque j'avais quatre ou cinq ans, alors que nous faisions les courses dans la boucherie du petit village où nous passions nos vacances, des clientes se sont mises à chuchoter lorsque nous sommes sorties du magasin. Je suis revenue sur mes pas et, au beau milieu de la boutique, j'ai tournoyé sur moi-même, puis je leur ai demandé si elles étaient certaines d'avoir bien tout vu. Et je suis ressortie.

Gilles : Étais-tu déjà consciente d'être différente ? T'en avait-on parlé ?

Mimie : Mes parents m'ont expliqué très tôt ce qui m'arrivait. Pourtant, à ma naissance, personne n'avait remarqué quoi que ce soit. C'est venu un peu plus tard. Ma cousine était née presque en même temps que moi et ma grand-mère avait tricoté les mêmes brassières pour nous deux. Celle de ma cousine lui allait parfaitement, mais ma grand-mère s'est rendu compte que mes bras étaient un peu perdus dans les manches trop longues. C'est elle qui en a parlé à mes parents. Ils ont fini par consulter, et un médecin leur a dit que je ne grandirais pas comme les autres enfants, que j'étais achondroplase et surtout que j'avais de fortes chances de ne pas dépasser soixante-quinze centimètres de hauteur… La « doctoresse », comme l'appelaient mes parents, a évoqué la possibilité d'une opération, mais il aurait fallu que je reste allongée coudes et genoux écartelés par des ferrailles pendant deux ans, pour peut-être gagner dix centimètres. Seuls mes membres sont différents. J'ai les bras et les jambes plus courts. On m'a alors prescrit des injections. Cela a duré un an. Mon père devait me les faire lui-même dans le ventre ou derrière le cou. Pas évident pour papa. J'appréhendais chaque soir ce moment où je voyais la casserole chauffer sur la gazinière pour le bain-marie destiné à stériliser la seringue. Ces piqûres, qui n'étaient pas des hormones, étaient destinées à soi-disant « fortifier mes cartilages ». Je ne suis pas sûre qu'elles aient servi à grand-chose…

Gilles : Te souviens-tu de la façon dont tes parents t'ont parlé de ce que tu avais ?

Mimie : Dès mon plus jeune âge, ils m'ont expliqué que je n'étais pas comme tout le monde mais que je m'en sortirais, que ça pouvait arriver dans n'importe quelle famille et que c'était tombé sur moi ! Ma petite sœur, Marie, née trois ans après moi, est tout à fait normale, de même que mon autre sœur, Frédérique. Je suis l'aînée des trois mais on a souvent l'impression que je suis la plus jeune. Mes parents m'ont toujours présenté ce qui m'arrivait comme une différence et non comme un handicap. Je pense que cette approche sans aucun catastrophisme ni aucune dramatisation m'a permis d'assimiler ma situation naturellement. Par contre, je me souviens qu'au départ, j'ai eu beaucoup de mal à croiser des gens comme moi. Peut-être cela renvoyait-il à une part inconsciente de moi-même. Je ne sais pas. Je me suis toujours vue telle que j'étais. Mais peut-être qu'au fond je ne veux pas me voir comme je suis.

Certains acceptent de vivre dans ce monde en se disant qu'il est le leur et qu'ils peuvent s'y structurer. C'est ce que j'ai choisi de faire. J'ai refusé de rester enfermée dans une case qui me résumerait à ma taille. On ne va pas créer une association sous prétexte qu'on n'atteint pas les yaourts qui sont sur la troisième étagère du rayon du supermarché ! Nous sommes tous différents. J'ai toujours considéré qu'être de petite taille n'est pas un handicap mais juste une caractéristique, une particularité à gérer. C'est une autre façon de vivre la différence. Je ne prétends donner aucune leçon. Chacun fait comme il peut. Certains se construisent sur leur singularité, qui devient leur identité. D'autres sont assez forts et assez entourés pour accepter d'entrer dans la vie telle qu'elle est. J'ai préféré vivre dans le monde et surtout ne pas m'isoler. Mais je comprends complètement que des gens différents aient besoin d'adaptation pour vivre dans l'environnement qui est le nôtre.

Et toi, à quel âge as-tu appris que tu avais été adopté ?

Gilles : Aussi loin que je m'en souvienne, je l'ai toujours su. Mes parents m'en ont parlé, comme chez toi, très naturellement. Papa en parlait de façon assez factuelle et ma mère abordait toujours le sujet avec une culpabilité qui n'était pas liée à nous, mais à elle : elle se condamnait pour n'avoir pas été capable d'avoir d'enfant par elle-même. Cela a pesé extrêmement lourd dans son parcours de femme. Elle en était complexée, bien que personne ne lui en ait jamais fait le reproche.

Mes parents ont adopté deux enfants, en France, car à l'époque il était quasiment impossible d'adopter dans d'autres pays, comme cela se fait régulièrement aujourd'hui. Mon frère est plus âgé que moi de trois ans. Je suis arrivé à la maison à l'âge de six mois. Je n'ai donc pas d'autres souvenirs antérieurs.

Je me souviens d'une conversation très forte avec ma mère. Je devais avoir huit ou neuf ans. Je lui avais posé des questions sur mes « vrais » parents, sur les raisons qui pouvaient pousser des gens à abandonner leurs enfants à la naissance. Elle a su me faire passer l'idée que je n'avais pas été rejeté pour moi-même, mais que, pour des raisons ou des problèmes qui n'avaient rien à voir avec moi, mes géniteurs n'avaient pas pu ou pas voulu me garder. C'est une notion essentielle, fondatrice, qui m'a protégé. Avec le recul, je réalise combien cette conversation a dû coûter à maman, qui n'était déjà pas à l'aise sur le sujet. Elle devait gérer mes doutes, mais aussi cette culpabilité, cette « auto-condamnation » qu'elle s'infligeait pour n'avoir pas réussi à donner la vie. Je crois que, sans le définir, j'arrivais déjà à sentir ce sentiment en elle. Ce jour-là, elle m'a dit quelque chose que je n'ai jamais oublié : « Parfois, ceux qui font les enfants ne sont pas les mêmes que ceux qui les aiment. » Cette formule m'a marqué. Elle ne résume en rien les milliers de cas différents qui peuvent exister mais, dans la tête du gamin que j'étais, elle a été une clé. À mon frère adoptif et à moi, ma mère a toujours expliqué que, pour élever des enfants que l'on n'a pas faits, il faut encore plus d'amour. Et le fait est qu'on en a reçu des tonnes !

Mimie : Tu étais très jeune pour avoir des discussions aussi profondes…

Gilles : Tous ceux qui affrontent quelque chose le savent : les vrais problèmes nous poussent à mûrir plus vite. Instinctivement, on tente de se soigner ou de se libérer de ce qui nous entrave. Ce n'est pas une question d'âge. Tu le sais toi aussi, n'est-ce pas ?

Mimie : Mûrir plus vite, je ne sais pas, mais je suis certaine que les problèmes nous apprennent à avancer plus droit. On me reproche parfois ma façon directe de questionner et de parler vrai, sans prendre de détour. Mûrir, c'est peut-être aussi ne pas se voiler la face et savoir affronter les vraies réponses en osant poser les questions qui comptent. D'ailleurs, à ce propos, as-tu essayé de connaître ta famille de sang ?

Gilles : Jamais. Je ne me l'interdis pas, surtout si je peux me découvrir des frères et sœurs, mais je m'étais juré de ne jamais le faire du vivant de mes parents, par loyauté envers eux, pour ne pas retourner le couteau dans la plaie, surtout vis-à-vis de ma mère. Le fait est qu'ils sont décédés – mon père depuis vingt ans et ma mère dix – mais je n'éprouve toujours pas l'envie de mener cette quête-là.

J'ai quand même vécu un épisode très impressionnant. Mon frère et moi avons toujours su que nous avions été adoptés. Quand nous partions en vacances, mes parents mettaient en sûreté une pochette toute râpée en faux cuir marron. Elle contenait les actes de propriété de la maison, tous les papiers officiels essentiels qui ne devaient pas être perdus ou volés. Elle renfermait aussi nos dossiers d'adoption.

Au décès de ma mère, j'ai été obligé de vider la maison de mon enfance. Et un beau matin, à 10 heures, je me suis assis à la table de la cuisine devant ce dossier. J'aurais préféré ne pas être seul, avoir à mes côtés Pascale, ma femme, ou des potes, parce que je me retrouvais face à une réalité inconnue qui risquait de me sauter à la figure. C'était assez perturbant.

J'ai été abandonné, déposé le 27 octobre 1965 devant un dispensaire de la rue d'Assas, à Paris. À cette époque-là, en guise d'état civil, on donnait aux enfants trouvés les prénoms des trois premières personnes qui les avaient recueillis. Ces trois prénoms ont donc été mon nom avant mon adoption. C'est en découvrant mon dossier que je me suis aperçu que les trois prénoms qui m'avaient servi d'identité jusqu'à ce que je prenne le nom de mes parents correspondaient à ceux des trois meilleurs amis que j'ai eus dans cette vie. Magnifique hasard. J'y ai vu un joli clin d'œil du destin, un cadeau de la vie. J'ai toujours le papier, jauni, passé, le jugement et les certificats d'adoption.

UNE DIFFÉRENCE QUI SE VOIT… OU PAS

Mimie : Il existe quand même une différence majeure entre nous. Toi, quand tu entres dans une pièce, le fait que tu aies été adopté ne se voit pas…

Gilles : C'est juste ! Et d'ailleurs, lorsque j'étais plus jeune, je n'ai pas eu tout de suite à affronter le regard des autres. J'ai eu le temps de me poser toutes sortes de questions – en trouvant rarement les réponses ! – avant d'être confronté aux réactions diverses et variées.

Mimie : Tu crois que c'était un avantage ?

Gilles : Je n'en suis pas certain car, pour beaucoup de gens, le fait de découvrir assez tard que j'étais fils adoptif changeait soudain l'image qu'ils avaient de moi, sans que je puisse alors comprendre pourquoi. C'était très déstabilisant. Du jour au lendemain, je sentais que la façon dont ils me voyaient s'était modifiée. Quelque chose dans leur regard, un non-dit. J'avais l'impression d'être jugé, presque condamné ou plaint, alors que je n'étais coupable ou victime de rien. Tout à coup, leur approche évoluait alors que j'étais toujours le même. Une sorte de malaise s'insinuait dans des rapports jusque-là très simples. Cette donnée réveillait souvent une gêne en eux, trouvant parfois un écho dans leur propre vie. Mais quand tu es gamin, tu ne le sais pas et tu te prends ce décalage en pleine figure, en le vivant comme une remise en cause personnelle. Évidemment, je ne criais pas sur les toits que j'étais fils adoptif, mais un indice le révélait souvent : l'écart d'âge avec mes parents. Le temps qu'ils décident d'adopter, auquel s'est ajouté le délai pour accomplir les démarches longues et fastidieuses, a provoqué une différence importante. Ma mère avait quarante-deux ans et mon père quarante-trois lorsque je suis arrivé, tout bébé, chez eux. Le décalage était encore renforcé par le fait qu'à l'époque, on avait souvent des enfants bien plus jeunes que maintenant… À la sortie de l'école primaire, tout le monde prenait ma mère pour ma grand-mère. Et les premières questions sont venues…

Mimie : Difficiles ?

Gilles : J'étais surtout très énervé que l'on vieillisse mes parents ! Je constatais la peine que la découverte de notre adoption provoquait chez maman. Elle n'a jamais vraiment assumé. En grandissant, j'ai pourtant essayé de la rassurer, mais je crois qu'elle n'a malheureusement pas réussi à dépasser une sorte de honte qu'elle secrétait. Un poison pour elle-même. On érige parfois soi-même les barrières qui nous enferment ou les épreuves qui nous épuisent. C'était son cas. Elle n'a pas eu la force de dépasser celle-là.

Et toi, à quel âge as-tu commencé à penser que ta taille allait te poser un problème ?

Mimie : Pour des raisons différentes, c'est aussi à l'adolescence que cela a été le plus compliqué, quand toutes les copines commençaient à flirter. Moi, je n'étais que la meilleure copine de tous les mecs sans qu'aucun soit capable d'assumer ma différence. J'étais la bonne amie, mais pas celle qu'on embrasse dans le noir au cinéma ! Forcément, un môme de quatorze ans en pleine puberté se dérobe. Il a déjà du mal à savoir qui il est et ce qu'il vaut pour les autres... alors il essaie d'aller au plus facile. J'avais beau me dire qu'un jour viendrait où un garçon me découvrirait pour ce que je suis vraiment, je pleurais quand même dans mon lit. J'ai reçu mon premier baiser lorsque j'ai eu ma première aventure – à vingt ans !

Gilles : À l'époque, as-tu réussi à en parler à quelqu'un ou as-tu vécu cela toute seule ?

Mimie : Je crois qu'une de mes qualités – qui peut aussi être un défaut, je te l'accorde –, c'est que je ne garde pas les choses pour moi. Je ne suis pas une taiseuse ! Je devais avoir quinze ou seize ans, j'avais des copains très proches au lycée, mais ils draguaient la belle nana à qui ils n'avaient pas forcément beaucoup de choses à dire. Mais elle était « normale », elle ! À mes deux meilleurs amis, j'ai demandé pourquoi il ne se passait rien de sentimental avec moi. Ils m'ont répondu qu'ils ne voulaient pas que je souffre le jour où cela s'arrêterait. J'ai souvent entendu cette phrase.

Ils ne voulaient pas me faire du mal lorsque la relation finirait. Officiellement, ils ne tentaient rien afin de me protéger. Mais je songeais en moi-même : « Avant de penser à me faire du mal, pensez à me faire du bien ! » La même chose se passe avec les filles qui font rire. Les garçons se méfient en général des filles qui ont de l'humour car elles sont souvent plus fortes à beaucoup de niveaux. N'ayant pas confiance en eux, ils préfèrent s'approcher des filles qui ne fonctionnent qu'aux hormones plutôt que de quelqu'un capable de les déchiffrer parfaitement. D'une façon ou d'une autre, se trouver exclu d'un jeu que tout le monde joue est forcément un peu douloureux.

Lorsque nous partions en vacances l'été, j'avais des coups de cœur, comme toutes les copines. Nous vivions dans une petite cité de trois bâtiments dans la banlieue de Lyon. Mes amies rentraient avec la photo de l'Espagnol ou du Hollandais avec qui elles avaient flirté dans leur camping, et moi, même si j'avais les photos de tout le monde, il ne s'était rien passé ! C'est peut-être à ce moment-là que j'ai commencé à vivre par procuration, à imaginer ce que pourrait être ma vie. Sans pour autant passer mon temps à me lamenter. Je me suis créé une sphère d'amitié avec plein d'amis sûrs pour compenser l'absence de petit copain. Cela m'a toujours sauvée. Certains racontent que leurs amis se comptent sur les doigts d'une main, moi j'ai cette chance extrême d'être magnifiquement entourée.

TROUVER SA PLACE DANS LE MONDE ET CHEZ SOI

Mimie : Dans l'enfance, avant de découvrir le monde extérieur, c'est d'abord chez soi que l'on prend ses marques. On grandit, on teste sous le regard des parents, mais les premiers rapports d'individu à individu s'exercent avec la fratrie. Pour moi, en l'occurrence, deux sœurs plus jeunes… mais plus grandes !

Dans les familles classiques, l'aînée passe ses vêtements à ses petites sœurs. Mes parents faisaient confectionner certains vêtements à ma taille, mais c'est moi qui récupérais les manteaux de mes sœurs cadettes quand ils ne leur allaient plus. Elles ont échappé à mes fringues mais je n'ai pas échappé aux leurs !

J'ai trois ans de plus que Marie et sept de plus que Frédérique. Cette dernière a toujours été le trait d'union entre nous trois. Mes parents ont donné autant d'amour à leurs trois filles mais ils n'ont jamais voulu me surprotéger, et mes sœurs ont grandi en sachant que je n'étais pas en sucre. Marie et moi nous sommes beaucoup chamaillées. J'avais un tempérament de meneuse et c'était sans doute dur d'être la sœur de quelqu'un d'aussi énergique. Mais sur le fond, c'est extraordinaire, cet amour que nous nous portons. Je serais prête à leur donner un rein si elles en avaient besoin et je sais qu'elles aussi. On s'aime tellement fort toutes les trois que s'il y a un dieu quelque part, il évitera de nous demander cette preuve d'amour-là !

Et toi, tu m'as dit que vous étiez deux enfants à la maison et que ton « grand frère » avait déjà trois ans lorsque tu as pointé le bout de ta barboteuse. Avoir été adoptés tous les deux vous a-t-il rendus complices ? Comme deux frangins du même sang ?

Gilles : Pas vraiment. Je me suis souvent demandé ce qui expliquait nos nombreuses différences de comportement. Plus jeune, j'ai cru que c'était le fait de ne pas être de la même lignée, mais j'ai découvert en grandissant qu'entre membres d'une même fratrie naturelle, des différences fondamentales peuvent aussi se révéler. Chaque individu porte sa propre personnalité et son propre parcours. Michel, mon frère adoptif, est le premier et le seul à m'avoir traité de bâtard. Je crois que son propos révélait davantage un malaise personnel qu'une envie de blesser. Je n'ai pas la prétention de savoir ce qu'il éprouve, mais il s'est toujours servi de son adoption pour se faire plaindre. Elle a constitué pour lui une faute du monde à son égard, une douleur justifiant tous ses écarts. Je ne partage pas ce point de vue.

Michel est le premier individu de ma génération que j'ai pu observer de près. Avec lui, j'ai appris qu'il y a ce que la vie vous inflige et ce que l'on en fait. Contrairement à toi qui étais la seule dans ton genre au sein de ta famille, lui et moi étions logés à la même enseigne.

Mes parents nous ont aimés de la même façon, élevés avec les mêmes règles, on a écouté la même musique, porté les mêmes vêtements, mangé les mêmes plats. Nous n'en avons pas fait la même chose. Je suis resté proche de lui tant que mes parents étaient vivants, par respect pour eux, mais depuis leur disparition, je ne me sens plus obligé d'encaisser ses coups de griffes. Je pense souvent à lui, mais il est vraiment ingérable. Dommage, à deux, on est forcément moins seul. Lui comme moi, surtout depuis le décès de nos parents, aurions bien besoin de ce havre de paix-là.

Mimie : C'est surprenant de se faire traiter de bâtard par un frère lui aussi adopté. Moi, je crois que j'aurais répondu : « Bâtard toi-même ! » C'est comme si Passe-Partout me traitait de naine ! Tu n'as pas réagi ?

Gilles : Je ne lui en ai jamais voulu. Il m'a cependant donné une grande leçon : il vaut mieux être prêt à encaisser les maladresses des gens. Il faut aussi éviter d'en commettre. Les mots jetés au visage peuvent laisser des cicatrices plus profondes que ce que l'on imagine. Concrètement, je n'ai plus jamais donné à personne la possibilité de me traiter de bâtard. Ce ne sont pas les maladroits que je redoute, ce sont les cons. C'est d'eux qu'il faut se méfier. Ils cherchent le point faible et, si on réagit, ils ne vous lâchent jamais. J'ai sur ce sujet, en permanence, pour eux, un fusil chargé prêt à faire feu – au sens figuré, bien sûr !

Mimie : C'est drôle, ce que tu dis sur le fait d'être seul à porter une différence. En grandissant auprès de mes sœurs et de mes cousins qui étaient « normaux », je me suis imaginé que j'avais peut-être été adoptée. J'ai même posé la question à mes parents et j'aurais presque aimé qu'ils me disent que j'avais effectivement été adoptée. Abandonnée à ma naissance par la riche héritière d'un royaume qui ne pouvait accepter d'avoir dans sa descendance une princesse achondroplase. Mais mon père ne m'a pas laissée divaguer, il m'a répondu très clairement que j'étais bien leur enfant en me conseillant de fantasmer sur autre chose…

Gilles : Comment tes parents prenaient-ils tes questionnements et tes doutes par rapport à tes origines ?

Mimie : Très bien, et plutôt en riant. Ils n'ont jamais refusé le dialogue, et je me souviens très bien de leur avoir demandé comment ils avaient réagi quand ils avaient appris mon achondroplasie, s'ils avaient pensé à m'échanger à la maternité. Cela a déclenché une vraie discussion de fond. Mes parents, très croyants, m'ont dit qu'ils m'avaient prise comme j'étais. Même s'ils m'ont quand même emmenée à Lourdes quand j'avais deux ans – « On ne sait jamais, un petit miracle ! »… Toute plaisanterie mise à part, ils n'en attendaient pas vraiment un, ils souhaitaient simplement que je sois heureuse. Ils espéraient une sorte d'acceptation, pour moi, par moi. Pas pour changer la donne, mais pour qu'elle soit vécue le mieux possible. Ils demandaient juste un petit coup de pouce. Encore une fois pas pour eux, pour moi. La preuve en est que je suis l'aînée et qu'ils n'ont même pas eu peur d'avoir d'autres enfants. Ils ne se sont pas empêchés d'avoir mes frangines. Ils y sont allés en confiance, sûrement grâce à leur énorme foi en Dieu.

Quelque part, ils m'ont transmis un peu de cette foi, même si j'ai du mal à la rattacher à un dieu précis. Mais on en reparlera plus à fond si tu veux bien, car la religion est un sujet qui me divise, et ce que l'on fait parfois en son nom me laisse perplexe.

Gilles : As-tu parlé de ta différence avec tes sœurs ? Elles sont plus jeunes que toi, à quel âge t'ont-elles dépassée ?

Mimie : Comme je te l'ai dit, Marie est née trois ans après moi, et Frédérique sept. Elles m'ont très vite dépassée. Ça s'est très bien passé parce qu'il y avait beaucoup d'amour. Paradoxalement, pour mes deux « petites grandes sœurs », j'ai toujours été « la grande petite » que l'on protégeait.

Gilles : T'ont-elles reproché de brandir ta petite taille comme excuse ?

Mimie : Jamais. Et elles l'ont confirmé plusieurs fois dans des interviews. Je pense que mes parents, inconsciemment, ont dû faire de légères différences entre mes sœurs et moi, en me protégeant peut-être un peu plus, mais aucune de mes frangines n'a été traumatisée.

Je sais juste que Marie leur a dit une fois qu'elle avait commencé à « mieux respirer » le jour où nous ne sommes plus partis en vacances tous ensemble. Sûrement parce que, en conformité avec mon caractère, lorsque j'arrivais, je prenais une sacrée place !

Ce n'était pas dû à ma taille, mais à ma personnalité. C'était moi en entier. Et ça peut être « encombrant », j'en suis consciente !

Gilles : Et avec Frédérique ?

Mimie : Fred, c'est la petite dernière, le rayon de soleil ! Celle qui s'entendait bien avec les deux séparément et ensemble. Mais on était capables de lui faire faire tout ce qu'on voulait et on en a un peu profité, juste pour rire, certaines fois… Des blagues de mômes, comme lui échanger ses pièces de un franc contre plein de petites pièces de un centime pour lui faire croire qu'elle y gagnait au change et qu'elle était très riche… On a aussi, grâce à elle, compris qu'on n'avait aucun talent pour la coiffure quand on l'a convaincue un jour de nous laisser couper sa frange avec les ciseaux de couture de maman. Malgré le résultat catastrophique, elle ne nous a même pas dénoncées aux parents ! Nous trois, c'est un amour que je souhaite à toutes les fratries.

APPRENDRE SUR SOI...
DANS LE REGARD DES AUTRES

Gilles : J'imagine que durant tes jeunes années, en grandissant, tu t'es aussi structurée en fonction du regard des autres ?

Mimie : Gilles, je te rappelle que je n'ai pas beaucoup grandi !

Gilles : Toutes mes excuses ! Je reformule, Votre Honneur : les comportements face à ta différence ont-ils influencé ta façon de te construire ?

Mimie : Comment savoir ? Je n'ai que mon point de vue pour référence. J'ai découvert le monde et ses habitants depuis ma hauteur. Dans la vie, chacun essaie de trouver sa place. Pour moi, trouver ceux avec qui j'allais avancer n'a jamais été une question de taille mais de sensibilité et d'énergie. C'est par rapport à cela que je me suis définie.

Il y a quand même une chose drôle dont je me souviens. Lorsque j'arrivais en classe, le premier jour, on m'installait au premier rang parce que j'étais petite.

Puis, au bout d'une semaine, on me renvoyait plus au fond parce que j'étais un peu dissipée ! Les gens ne s'aperçoivent pas tout de suite qu'assise, je suis comme tout le monde. Ce sont seulement mes jambes et mes bras qui sont plus courts. Il y a quelques années, lorsque j'allais chez le coiffeur, on m'empilait des coussins ou des bottins, que je faisais immédiatement enlever parce qu'une fois installée sur le siège, j'arrive à la même hauteur que n'importe qui par rapport au bac à shampoing ! Cela me fait rire et je m'amuse toujours de voir les gens découvrir que je suis complètement normale lorsque je suis assise.

Gilles : C'est une force de pouvoir rire de ce qui pourrait complexer...

Mimie : C'est un cadeau de la vie de savoir faire preuve de recul et d'humour. Réflexe salutaire, instinct de survie, tendance naturelle à me marrer, je ne sais pas. Je suis difficile à vexer parce que j'ai la chance d'avoir un second degré qui me permet de relativiser et de rire de beaucoup de choses, y compris de ma différence. De toute façon, on n'a pas le choix !

Par contre, je fais parfaitement la distinction entre ceux qui rient pour partager un bonheur et ceux qui se foutent de toi pour se sentir plus forts à tes frais ou te faire du mal... C'est exactement ce dont tu parlais précédemment : ne pas laisser les cons te chercher. Pour tous les autres, mieux vaut prendre ma situation avec un peu de légèreté et d'humour.

Gilles : Te souviens-tu d'un moment où tu as été limitée par ta taille ?

Mimie : Les barrières et les limites provenaient davantage de la vision préconçue de certains que de moi-même. Les a priori sont le premier écueil. À l'école, j'ai connu un jeune garçon exactement comme moi. Ses parents l'élevaient en le surprotégeant, comme s'il était inapte à la vie. Ils le gardaient dans un cocon en évitant à tout prix de l'exposer à la vraie vie. Je ne porte aucun jugement sur leur approche mais je pense que cela ne lui rendait pas forcément service. Ce garçon était maintenu dans sa différence, placé à l'écart par ses propres parents qui lui fixaient des limites de peur qu'il ne puisse pas les surmonter. Je suis certaine qu'il aurait sûrement pu en franchir beaucoup. Ils ne le laissaient même pas essayer. Leur motivation à vouloir le protéger était louable, mais inadaptée. Pour ma part, j'ai eu la chance d'avoir été encouragée dans tout ce qui me tentait. C'est essentiel pour prendre confiance en soi. J'ai fait tout ce que je voulais, du ski, du tennis, de la danse ! Il fallait bien sûr parfois adapter les situations à ma réalité. Mais cela ne m'a pas empêchée de pratiquer tous les sports proposés à l'école. J'ai même fait du saut en hauteur ! On descendait la barre à soixante-dix centimètres et j'ai réussi à la franchir ! Bon, on est loin de Renaud Lavillenie, je te le concède…

Je ne m'interdisais rien, je faisais de la gymnastique à ma façon, je montais à la corde, je n'ai jamais été dispensée de quoi que ce soit. Je crois que c'est surtout cela qui a fait que j'ai grandi – ou pas, comme on veut ! *(rires)* – comme tout le monde ! Je n'ai été écartée de rien.

Sans doute grâce à l'approche initiée par mes parents, je ne me considère pas comme quelqu'un d'hors norme. C'est peut-être d'ailleurs cela que certains n'acceptent pas. Ils se disent à ma place que je ne devrais pas me sentir à l'aise parce qu'ils projettent sur moi leurs propres limites. Ce n'est pas grave. C'est le lot quotidien de beaucoup de ceux qui ne sont pas « dans la norme », si tant est qu'il y en ait une ! Je vis ma taille comme une simple caractéristique physique. Il y a bien sûr des choses que je ne peux pas faire, ou que je fais différemment. Quand toi tu fais un pas, j'en fais trois. Heureusement que je ne suis pas fan de course à pied ou de marathon !

Tout au plus, j'ai eu quelques décalages. Ma grand-mère a par exemple offert leur permis à mes frangines pour leurs dix-huit ans parce qu'elles pouvaient conduire la voiture de mes parents. Comme pour moi il faut un aménagement spécial au volant, j'ai eu droit à une mobylette ! Elle était jaune, j'avais un casque jaune sur la tête et je portais un ciré blanc. On me surnommait « l'œuf au plat » ! Je l'ai utilisée pendant cinq ou six ans. Jusqu'à ce qu'on me la pique. Vu qu'elle avait été spécialement adaptée à ma taille, le crétin qui me l'a fauchée a dû avoir beaucoup de mal à s'en servir !

C'est Michèle Bernier et Isabelle de Botton qui m'ont convaincue de passer le permis alors que j'avais trente et un ans, et je l'ai eu en deux mois.

UN LIEN EN MOINS, DES QUESTIONS EN PLUS

Mimie : J'ai souvent constaté l'importance qu'attachent les gens aux liens du sang. C'est une notion qui revient dans nombre de circonstances. On entend régulièrement dire que tel enfant ressemble à son père ou à sa mère, que l'on a hérité de gènes présents dans la famille pour des qualités ou des maladies héréditaires. Qu'est-ce que ça fait de grandir sans tout ça ? Cela t'a-t-il manqué ?

Gilles : Au début sans doute. À l'âge où tu te construis, où tu cherches à comprendre qui tu es et à t'intégrer à des groupes auxquels tu peux t'identifier, ne pas bénéficier de ce point d'ancrage naturel est un handicap. Je me souviens très bien des petites fissures qui s'ouvraient en moi lorsque les gens, souvent motivés par une bienveillance de principe, me trouvaient des ressemblances avec mes parents adoptifs. Pour les uns, j'avais les yeux de ma mère, ses cheveux fins ; pour les autres, la voix de mon père, son regard. Pas évident à entendre, d'autant qu'il fallait en plus avoir l'air d'être reconnaissant de leur remarque. Dès qu'un gamin est là, il est souvent de bon ton de lui trouver des ressemblances avec ses ascendants.

Mimie : Ou de le trouver grand pour son âge, ce qui ne m'est pas arrivé souvent...

Gilles : C'est une forme de tendre politesse dont il n'y a lieu de tenir rigueur à personne. J'étais à la fois heureux de ces liens imaginaires et très triste de la réalité à laquelle ils me renvoyaient. Car le fait est que je ne ressemblais à personne. En grandissant pourtant, j'ai fini par ressembler à mon père, mais uniquement par mimétisme et malgré moi, parce que j'ai inconsciemment copié certains de ses gestes et comportements. Aujourd'hui, quand je raccroche un téléphone, je me surprends souvent à le faire exactement avec le même mouvement que lui. Cela me bouleverse. Ce genre d'expérience et mon parcours m'ont appris que bien plus que le sang, l'exemple que nous donnent ceux auprès de qui nous découvrons la vie nous forge, nous guide et nous marque dès notre plus jeune âge.

Ne pas ressembler à ses parents présente malgré tout quelques indéniables avantages. J'ai par exemple la joie de ne pas savoir de quelle maladie héréditaire je vais finir par crever ! Avec un brin de provocation, je dis souvent que je suis l'alpha et l'oméga de moi-même. Je ne ressemble à personne, je suis le premier de mon espèce ! Aucune référence, aucun pedigree. L'idée est séduisante d'un point de vue intellectuel.

Lorsque, vers la fin de sa vie, ma mère est tombée malade, j'ai cru à un moment qu'elle perdait la tête. Elle s'est mise à oublier ses repères, à avoir des trous de mémoire et à tenir des propos incohérents – assez drôles, soit dit en passant. Petite parenthèse pour constater que l'humour existe toujours, même dans les pires situations. Ses propos saugrenus étaient hilarants. Ce sont sans doute les fois où ma pauvre maman m'a fait le plus rire de toute sa vie… C'était tout de même assez étrange de l'entendre m'expliquer que la nuit précédente, dans sa chambre d'hôpital, les infirmières avaient joué au foot en marquant des buts dans son sac à main, ou qu'un gros chien collé à la fenêtre allait se jeter sur moi si je ne fermais pas le volet… Le fait de trouver ça drôle sur la forme m'aidait aussi à supporter l'inquiétude sur le fond. Il m'est arrivé d'en avoir les larmes aux yeux sans savoir si c'était de rire ou de peine… Heureusement, il ne s'agissait que d'un dérèglement hormonal qui fut vite corrigé, ce qui n'empêcha pas un docteur de m'annoncer qu'elle virait folle ou Alzheimer et qu'il allait falloir la transférer vers une unité d'hébergement spécialisée. À ces paroles, je suis resté muet, d'abord parce qu'une amie elle-même médecin m'avait averti de me méfier des diagnostics hâtifs de son confrère, qu'il balançait de surcroît sans aucune précaution. Me voyant pensif, il m'a demandé si je me faisais du souci pour ma propre santé mentale, parce qu'étant le fils de cette patiente qui perdait la tête, je pouvais légitimement m'inquiéter pour mon avenir. Par réflexe, je lui ai éclaté de rire au nez. Je lui ai alors révélé que j'étais fils adoptif. Il a tout à coup perdu son air docte et supérieur et a paru décontenancé – sans doute parce qu'il ne savait plus trop pour quoi il devait me plaindre le plus !

Mimie : C'est vrai que, sans lien du sang, tu ne subis pas l'avalanche de prédictions épouvantables qui fait planer sur ta tête le spectre des maladies que d'autres ont eues dans ta famille.

Gilles : Exact, même si cela ne m'empêchera pas de mourir ou même de perdre la boule. D'ailleurs, je crois que ça a déjà commencé ! *(rires)*

Du coup, sans que je l'aie voulu, ce sera un peu la même chose pour mes enfants : lorsque l'obstétricien a demandé à ma femme enceinte de notre premier enfant quelles étaient les maladies chez nos ascendants, elle n'a pu lui répondre que pour ce qui concernait sa propre famille. De mon côté : mystère ! Mes enfants ne connaissent donc que la moitié des potentiels ennuis de santé qui pourraient leur tomber dessus… Heureusement pour eux, il n'y a rien de grave de leur côté maternel !

Blague à part, le fait est que ce lien en moins explique sans doute en grande partie mon envie d'en créer d'autres avec ceux qui m'entourent. Être privé de ce lien du sang m'a poussé à en générer d'un type différent et à découvrir qu'il existe d'autres façons de s'attacher, parfois bien plus puissantes que celles que la nature offre sans qu'on y pense. Les affections de principe ne sont pas forcément les plus fortes. Les histoires d'amour que l'on écrit soi-même, les loyautés, les peurs et les rêves partagés valent tous les cordons ombilicaux.

UN CHEMIN VERS CE QUE L'ON EST

Gilles : À quel moment as-tu décidé de te lancer dans une carrière artistique ?

Mimie : Il ne s'agit pas d'une décision consciente, mais plutôt d'un parcours intérieur vers ce qui me correspondait. Je ne me suis pas levée un matin en me disant que j'allais faire ce métier. C'est un chemin que j'ai pris à l'instinct, qui s'est dessiné au fil des choix successifs, des rencontres, d'opportunités loupées ou saisies. Ce n'est pas l'ego qui m'a poussée à monter sur scène, mais si je voulais pouvoir assister au spectacle de la vie, il valait mieux que je sois devant ! J'ai toujours été volontaire pour être en première ligne. Pierre Palmade, avec qui j'ai travaillé lors d'un spectacle, a joliment résumé ma situation en une phrase : « C'est normal que tu sois sur scène, comme ça, tu peux tout voir de haut ! » De toute façon, à un moment, il faut prendre sa vie en main. Personne ne le fera pour toi.

Au début, je voulais être institutrice – déjà le syndrome de la scène avec l'estrade ! Pour mes dix ans, mes parents m'avaient offert un électrophone, et j'étais folle de Claude François. Gamine, je voulais être chanteuse comédienne, je rêvais de devenir un mélange de Sheila et Shirley MacLaine. Un élément est cependant venu préciser la perception de mon futur. Comme tous ceux de ma génération, j'ai vu le film *Angélique, marquise des Anges* et ses suites, mais je ne les ai pas regardés avec les mêmes yeux que l'ensemble du public. Rappelle-toi : au milieu de ces grands sentiments et de cet esprit chevaleresque contrarié par le destin, le nain Roberto mourait parce que c'était un des méchants. Pour moi, ces grands films populaires ont surtout marqué une prise de conscience quant à la place que l'on donnait aux « nains » dans l'inconscient collectif. Je ne voulais pas du tout ça. Parce qu'au fond de moi, avec mon optimisme naturel, je me voyais plus en Angélique qu'en nain fourbe et cruel ! C'est d'abord par les rôles que l'on faisait jouer aux personnes de petite taille que j'ai découvert la réalité de l'imagerie populaire qui leur était associée. Alors, de toutes mes forces, j'ai voulu être ce que l'on n'attendait pas de gens comme moi. Quitte à être « extra-ordinaire », autant que cela s'écrive en deux mots ! J'ai voulu sortir de la vie de tous les jours, me distinguer de la masse et ne pas être celle sur qui on se retourne parce qu'elle est différente, mais parce qu'elle apporte quelque chose aux autres. Je n'ai jamais souhaité engendrer la pitié. Je ne voulais rien m'interdire, je ne voulais pas être réduite à un cliché. Je crois que l'étincelle vis-à-vis de ce métier est née à ce moment-là. Et une rencontre décisive m'a confortée dans cette idée.

C'est en 1976 que j'ai fait la première rencontre professionnelle importante de ma vie. Michel Fugain et son Big Bazar étaient à Lyon pour une semaine, en tournée sous un grand chapiteau. Ce qu'il proposait à l'époque avec sa troupe était tout ce que je rêvais de faire un jour sur scène : du chant, de la danse, de l'humour, de la comédie. *Singin' in the rain* à la française. Il n'y avait aucun doute, le destin me faisait signe dans ma ville natale.

Avec mes yeux bleus et mon plus grand sourire, j'ai réussi à me faufiler dans les coulisses et je leur ai dit, après avoir respiré un grand coup, que j'étais faite pour ce métier, que j'étais prête à intégrer la troupe et que rien ne pourrait me détourner de mon but. Fugain m'a gentiment écoutée, j'ai fait des photos avec lui ; il m'a offert d'assister au spectacle autant que je le souhaitais, et c'est ce que j'ai fait toute la semaine. Je n'en ai manqué aucun. Et je fondais en larmes au final pendant les saluts, parce que je mourais d'envie d'être sur scène à leurs côtés. Toute la troupe se souvient de cette petite bonne femme qui pleurait tous les soirs au premier rang. Cela peut paraître prétentieux mais je m'en sentais capable, je savais que ma place était parmi eux.

Mais Michel m'a renvoyée à ma licence de sciences éco : « Je te promets que si un jour c'est possible, je t'aiderai. Mais d'abord bosse, apprends le métier et on se reverra. » Ce fut quand même le début de quelque chose pour moi, comme une porte qui s'ouvrait. À la fin de la semaine, Michel et sa femme, Stéphanie, m'ont dédicacé le programme, en me disant : « À bientôt. » Cela m'a aidée à tenir le coup, à me dire qu'il ne s'agissait pas seulement d'un rêve, que je tenais un tout petit quelque chose de vrai.

Michel m'a conseillé d'apprendre la danse ou le chant si je voulais vraiment faire ce métier et de le tenir au courant de mon évolution. Tu parles ! Illico presto, je me suis inscrite à un cours de claquettes, et, au bout de six mois, je lui ai annoncé que ça y est, j'étais prête !

On se fixe un rendez-vous à Paris. Mais lorsque je suis entrée dans son bureau, il n'y avait que de la moquette ! Mal barré pour les claquettes… Je lui ai même proposé d'aller dans les toilettes, où on trouverait sans doute un petit bout de carrelage. Mais il m'a arrêtée net en me disant que, de toute façon, il détestait les claquettes et que mon niveau devait certainement être très loin de Ginger Rogers et Fred Astaire ! Une fois encore, il m'a sagement conseillé de poursuivre mes études tout en développant en parallèle mon apprentissage artistique…

J'étais venue à cette audition avec mon amie d'enfance, Isabelle. Pour faire passer la pilule, on est allées prendre un whisky dans un bistrot à côté – alors que nous n'avions pas du tout l'habitude d'en consommer. J'ai refait le monde ce soir-là : il fallait que je fasse du spectacle, par tous les moyens possibles.

Gilles : Mais tu as continué tes études…

Mimie : De toute façon, même si « je m'voyais déjà en haut de l'affiche », pas question pour mes parents de me laisser tout plaquer pour filer toute seule à la capitale. Surtout que mon unique expérience artistique consistait à avoir chanté dans la chorale paroissiale ! Pour ménager leur petit cœur, j'ai accepté de poursuivre mes études, de tenir deux ans de plus jusqu'à ma licence de sciences éco, mais en trouvant un compromis qui me convenait : pendant les vacances étudiantes, j'ai commencé à me rapprocher de mon rêve en devenant animatrice et en faisant des spectacles en amateur.

Dès mes dix-huit ans, en 1975, le village vacances VVF de Seignosse « Les Estagnots », dans les Landes, m'a embauchée. J'y suis restée cinq étés de suite. Mon rôle consistait aussi bien à accompagner les excursions qu'à animer les jeux apéro et café, à diriger des ateliers macramé, mais surtout à écrire et proposer des spectacles pour distraire les vacanciers pendant les soirées d'été. Des spectacles amateurs, certes, mais quand on se retrouve devant mille personnes tous les soirs, on apprend à gérer le trac.

Quand j'ai raté ma licence, j'ai su que les sciences éco n'étaient définitivement pas pour moi. Tant pis pour la grande carrière administrative dont rêvaient mes parents. Ça a été un premier choc pour eux quand je leur ai annoncé que j'arrêtais mes études pour devenir animatrice. Bien sûr, c'était un changement d'orientation radical, vers un parcours beaucoup moins habituel, et ils se sont inquiétés… J'ai essayé de les rassurer en argumentant que mes études de sciences éco me seraient sans doute utiles, que j'avais toutes les chances de devenir un jour directrice d'un VVF ! Et puis j'avais l'opportunité d'avoir du travail tout de suite grâce à mon chef animateur, Jean-Alain Saturnin. Un nom comme ça, ça ne s'invente pas ! Il venait d'accepter un poste aux Menuires pour la saison d'hiver. Il m'a recommandée à la directrice du

VVF pour qu'elle m'embauche comme seconde. Il a juste oublié de lui préciser que je mesurais un mètre trente-deux ! Et de me dire, à moi, qu'il ne l'avait pas prévenue ! Je n'oublierai jamais la tête que ma future patronne a faite quand je suis entrée dans son bureau. Elle a essayé de ne rien laisser paraître, mais c'était raté. À ses yeux, ma taille constituait un obstacle, mais elle m'a pourtant laissé ma chance. Nous nous sommes très bien entendues et, par la suite, elle a reconnu qu'elle avait eu une réaction complètement inadaptée.

Je suis restée aux Menuires pendant les six mois de la saison d'hiver. Et c'est en 1979, alors que j'étais en haut des pistes, que Michel Fugain a décidé d'arrêter la scène pour monter son Atelier de comédie musicale aux studios de la Victorine, à Nice. Je suis retournée le voir, et il a tenu sa promesse. Après m'avoir fait passer l'audition comme aux autres, il m'a dit : « OK, je te veux dans mon équipe… » Enfin presque !

Deuxième choc pour mes parents, lorsque je leur ai annoncé que Fugain m'avait acceptée et que je partais à Nice. Ils venaient à peine de s'habituer à l'idée que je devienne animatrice et ont eu un peu de mal à digérer ce nouveau changement de cap, mais ils m'ont suivie une fois de plus.

Dans la foulée, je leur ai précisé que je ne recevrais aucun salaire, que je devrais payer l'école 600 francs par mois et aussi trouver à me loger. Mes parents m'ont soutenue, ils m'ont emmenée à Nice et m'ont laissée tenter ma chance en me disant qu'ils m'aideraient financièrement trois mois, mais qu'après je devrais me débrouiller.

Gilles : Comment as-tu fait ?

Mimie : Pour mettre du beurre dans les épinards et payer ma formation chez Fugain, j'ai réussi à me faire engager l'été suivant au VVF de Menton. Par crainte de l'éventuel ego mal placé d'une apprentie vedette, le directeur m'a d'abord proposé de travailler à la lingerie de 5 heures du matin à 13 heures. J'avais besoin de bosser, j'ai dit oui. Sauf que chaque jour, après la lingerie, j'assurais aussi l'animation jusqu'à 2 heures du matin… J'ai fait mes preuves, et du coup, le week-end, entre mes cours de danse et de comédie, je partais là-bas me faire un peu d'argent de poche.

À Nice, j'ai d'abord trouvé un mini-studio chez une mamie qui avait tout cadenassé, jusqu'au téléphone. J'y avais ma chambre et une kitchenette, mais interdiction de circuler dans le reste de l'appartement. Son fils m'avait même bloqué la télé. Je me retrouvais seule dans une ville où je ne connaissais encore personne. Pour me distraire, j'allais parfois au cinéma de la rue d'à côté. Je me souviens du film *Les uns et les autres*, de Claude Lelouch, que j'ai vu au moins quatre fois ! Heureusement, quelque temps après, j'ai pu quitter ce logement et prendre une colocation avec des copines que j'avais rencontrées à l'Atelier.

Juste une parenthèse : je n'étais alors pas connue et, à l'époque, ma différence, ce « signe particulier », était précisée sur ma carte d'identité. Une fois, avec une copine qui conduisait, nous avons été arrêtées dans le vieux Nice, tard le soir. Le policier contrôle nos papiers et me demande ce que signifie « achondroplasie ». Je sors de la voiture et je lui dis, en me désignant : « C'est ça. » Plutôt péteux, il nous a saluées et nous a dit de circuler ! C'est une réaction assez emblématique de ce que j'ai pu vivre. Maintenant, ce n'est plus indiqué sur les papiers, car ce serait considéré comme discriminatoire. D'ailleurs, plus aucun signe particulier n'est signalé. Je n'ai donc plus de signe particulier, si ce n'est de beaux yeux ! Gris ou bleus selon les jours, ça dépend de la météo. Et de mon humeur !

Autre parenthèse : dans la tête de beaucoup de gens, je suis associée à Michel Fugain et son Big Bazar, mais jamais je n'ai participé à un spectacle de cette troupe. Je n'ai fait que son école.

Gilles : J'étais persuadé que tu avais fait partie de ses spectacles en tant que chanteuse…

Mimie : Pas une seule fois, même si tout le monde fait l'amalgame avec des émissions de télé auxquelles j'ai participé à ses côtés le samedi après-midi sur TF1, mais en tant qu'élève.

Et toi, comment ton choix de carrière s'est-il dessiné ?

Gilles : Sans aucune stratégie. Au début, on peut même dire que j'y suis allé par chimiotactisme, comme une bactérie qui navigue entre ce qui la ronge et ce qui la nourrit en essayant de survivre. Si ça m'attirait, je m'approchais, et puis je me collais aux gens avec qui je me sentais bien. De là, j'affinais ma façon d'être pour trouver le point d'équilibre entre ma nature et ce qui me permettait d'être accepté et d'apprendre.

Très jeune, dès les petites classes, je me suis rendu compte que faire marrer les gens était un excellent moyen de ne pas être seul. Il y a bien sûr ceux qui ne voient en toi qu'un clown, mais il y a aussi les autres, ceux qui lisent entre les rires. J'avais plein de copains, et les profs nous aimaient bien parce que même si on n'était pas toujours très malins, nous n'étions pas méchants. De ces années fondatrices, j'ai appris qu'une approche légère peut permettre de tout aborder plus facilement, même ce qui est dramatique. Dès que les gens ont peur ou mal, on arrive à les aider par l'humour avant de s'attaquer aux vrais problèmes. Et ils vous en sont reconnaissants.

Mimie : Donc tu te faisais remarquer en faisant rire ? Ça marche toujours !

Gilles : Oui, ça marche, mais je ne le faisais pas pour ça. Je ne cherchais pas à être dans la lumière, pas plus à l'époque que par la suite, dans ma carrière au cinéma. Être devant n'est pas ma place, c'est celle des meilleurs. J'adore me tenir dans l'ombre de ceux qui ont le courage de s'exposer, pour les aider, les porter, les servir.

Quand j'étais jeune, avec mes parents, nos seules sorties culturelles en famille étaient le cinéma, et nous n'y allions pas beaucoup. Nous habitions loin des salles, et nous avions tout ce qu'il nous fallait chez nous ! Nous étions une belle bande de potes et nous profitions de la rue, où peu de voitures passaient, du petit bois rempli d'arbres fruitiers, et même des champs agricoles qui s'étendaient derrière les maisons.

Mes parents m'emmenaient seulement voir le Disney de l'année.

Pourtant, le vrai choc date pour moi du 23 août 1980, lorsque j'ai vu *L'Empire contre-attaque.* J'avais quatorze ans. J'ai été très impressionné. Ce film développait des thèmes qui me touchaient, comme la loyauté, l'amitié, la défense de la liberté. Je l'ai vu de nombreuses fois et, à chaque nouvelle séance, je regardais de plus en plus le public dans la salle. J'ai découvert que je n'étais pas le seul à être transporté par cette histoire. J'ai tout de suite eu envie de fabriquer ces émotions. Alors j'ai voulu travailler dans le cinéma, pour emmener les gens vers toute une variété de sentiments. Je n'avais pas la prétention de pouvoir le faire seul, mais j'avais la volonté farouche d'aider ceux qui en étaient capables. Je me suis donc jeté corps et âme dans ce qui pouvait passionner un gamin de quatorze ans : les effets spéciaux !

Mon père était méfiant à l'idée que je suive cette voie, car il envisageait pour moi une carrière plus classique et plus rassurante d'ingénieur. Seule ma grand-mère m'a soutenu, et c'est d'ailleurs elle qui a payé mon premier billet d'avion pour Los Angeles. Je n'y suis pas resté longtemps, mais quelques jours ont amplement suffi à changer ma vie. J'ai été complètement transformé par ce que j'y ai découvert et, au retour, je ne voulais plus rien faire à l'école. Cela ne m'intéressait plus. J'avais trouvé ma voie. J'ai fait le minimum syndical pour ne pas me faire virer du collège et du lycée, et je me suis consacré de toutes mes forces à essayer de m'approcher de ce milieu où de grands enfants fabriquaient des émotions de toutes sortes avec les meilleures technologies disponibles.

Mimie : Donc tout a commencé par le cinéma. Comment en es-tu venu à écrire ?

Gilles : Dans le cinéma, j'ai pratiqué un peu tous les métiers à tous les niveaux. À force de bosser sur des films dont le scénario n'était pas toujours brillant, je me suis dit que je pouvais peut-être tenter ma chance… Alors je me suis mis à écrire mes propres histoires, sans me demander ce que cela pourrait donner, sans l'idée d'en faire mon métier. Et puis, peu à peu, des gens ont lu et tout a vraiment commencé…

SE FAIRE UN NOM

Gilles : Mathy est ton vrai nom, mais ton prénom de naissance, c'est Michèle. Pourquoi as-tu choisi de t'appeler Mimie ? Une envie de nom de scène ?

Mimie : En fait, je ne l'ai pas choisi, il s'est imposé quand j'avais dix-huit ans. Personne ne m'avait jamais surnommée comme ça pendant mon enfance. Les copains ont commencé à m'appeler Mimi lorsque j'ai débuté dans l'animation. C'est mon premier « vrai » amoureux qui a rajouté le « e ». Progressivement, Michèle s'est effacée au profit de Mimie. Alors, quand il m'a fallu choisir un nom de scène, Mimie Mathy, ça sonnait bien.

Ce nom figurait d'ailleurs sur mon ancien passeport, mais avec les nouveaux, la législation étant beaucoup plus contraignante, ce n'est plus possible. Heureusement que j'ai pu le laisser sur ma carte d'identité, car mes chéquiers, mes cartes bleues, mes factures de gaz, de téléphone, etc., sont au nom de Mimie Mathy. Cela fait trente-cinq ans que je vis avec ce nom et je n'ai pas l'impression d'avoir une « vie Michèle » et une « vie

Mimie ». Il m'est arrivé de croiser d'anciens copains de Lyon qui m'avaient connue en tant que Michèle et qui ont eu un peu de mal à m'appeler Mimie. Mes sœurs et toute la famille, qui m'ont connue sous le prénom Michèle, ont également eu besoin de temps. Mais aujourd'hui, seul un de mes oncles continue à m'appeler Michèle.

Le fait d'avoir choisi Mimie n'est pas stratégique, c'est un choix affectif, lié à ceux qui, dans ma première vie, m'ont accompagnée et encouragée sous ce diminutif.

Et toi, ton nom, c'est bien le vrai ?

Gilles : Qui choisirait volontairement un nom si long et si compliqué ? Pour moi, le problème n'était pas d'avoir un nom de scène, mais un nom de plume. Et j'ai commencé à écrire suffisamment tard pour être conscient des enjeux. En littérature, un nom d'auteur, c'est quasiment une marque, et c'est la seule petite case dans laquelle il est bon d'être enfermé. Les grands auteurs populaires ne s'inscrivent plus dans un genre ou un courant – leur nom même symbolise leur genre et leur courant. On parle d'un Dumas, d'un Verne, d'un Agatha Christie, d'un Stephen King. Je ne me compare absolument pas à eux, mais leur exemple éclaire mon modeste chemin et j'essaie d'en tirer les leçons.

Beaucoup de mes collègues se choisissent ou s'inventent un nom parce qu'ils pensent que cela fera plus impressionnant, pour sonner plus anglo-saxon ou pour grimper dans les classements alphabétiques. Pour ma part, je ne veux pas jouer mon identité sur des utilités. « Legardinier » est un nom long, à la sonorité très parigote, avec un côté « titi de Ménilmontant ». Mais c'est mon nom ! Je trouve le patronyme de ma femme – « Lecœur » – bien plus signifiant et plus élégant. Alors que mon premier livre devait sortir, je me suis donc posé beaucoup de questions sur le sujet. Je pense qu'en d'autres circonstances, j'aurais demandé à mes beaux-parents l'autorisation d'utiliser le nom de jeune fille de ma femme, y compris dans la vie courante. Mais une considération l'a emporté sur toutes les autres : ceux qui m'ont recueilli et adopté m'ont fait le cadeau de leur identité. D'un bébé abandonné, ils ont fait « Gilles Legardinier ». Me choisir un autre nom aurait été indigne de la chance qu'ils m'ont offerte. Je porte ce nom avec bonheur en souvenir de tout ce qu'ils ont accompli pour moi, en mémoire de ce qu'ils sont. Ce nom est celui de la famille à laquelle j'appartiens. Je dis bien « j'appartiens ».

D'AUTRES, COMME MOI...

Gilles : As-tu déjà eu une vraie discussion avec une autre personne de petite taille ?

Mimie : Une fois, avec une jeune femme qui travaillait comme journaliste dans un hebdo à la mode. Elle était venue à un de mes premiers spectacles, m'avait attendue à la sortie et nous avions parlé. Elle m'a confié que je l'avais confortée dans ce qu'elle était et ce qu'elle voulait. Elle se sentait absolument intégrée dans la société, à sa place dans son boulot de journaliste, et elle n'avait jamais eu le sentiment qu'il lui fallait se sentir inférieure. Me voir faire preuve de la même approche l'avait rendue plus forte. Elle m'a remerciée parce que je faisais dans mon domaine ce qu'elle-même s'efforçait de faire dans sa vie professionnelle. Elle n'avait pas du tout envie de se marier avec un mec d'un mètre trente et de vivre dans un monde à part. Elle voulait exister normalement. Je ne lui ai pas servi de modèle mais simplement de miroir dans ce qu'elle-même ressentait. Elle ne voulait pas que sa différence soit un frein, elle aspirait à vivre pleinement, comme n'importe qui.

Gilles : Est-ce que tu as parlé plus intimement, avec elle ou quelqu'un d'autre, de tes doutes, de choses que toi seule ou quelqu'un comme toi peut ressentir ?

Mimie : Non, jamais.

Gilles : Tu n'as jamais désiré en parler ? La discussion sur ce que tu éprouves à l'intérieur, tu ne l'as jamais eue ?

Mimie : Jamais, jusqu'à ce que tu me le proposes !

Gilles : C'est quelque chose que tu ne voulais pas ou que tu n'osais pas ?

Mimie : Je n'en ai pas besoin.

Gilles : Tu estimes ne rien avoir à régler vis-à-vis de ce sujet ?

Mimie : J'ai certainement des choses à régler par rapport à ce que je suis, comme tout le monde d'ailleurs, mais savoir comment telle ou telle personne a géré sa différence de taille ne m'apporterait rien. Mes réponses, je les ai obtenues par les gens qui m'entourent et me connaissent, sans pour autant qu'ils soient comme moi. Je crois que, dans la vie, on se définit davantage au contact de ce qui est différent de nous, pas identique. La façon de gérer ce que l'on est dépend tellement de l'entourage, de l'enfance que tu as eue, de tes choix, et de tes capacités intellectuelles aussi… Tout ce que je veux, c'est vivre, ne pas être dans une case, dans une catégorie. Vivre « au milieu de tout le monde », même si ce n'est pas « comme tout le monde ». Quelle que soit notre situation de départ, quelle que soit notre différence, on a tous une chance de se construire une vie qui ressemble à nos valeurs. Il appartient à chacun de tenter de se construire l'existence la plus belle possible, en adéquation avec ce qu'il est. Connaître des chemins parallèles ne m'apporterait rien. J'éprouve du respect et une forme d'affection pour tous ceux et celles qui tracent leur route contre vents et marées, mais leur chemin n'est pas le mien. Chaque parcours est unique. Définitivement, je ne me résume pas à une caractéristique qui n'est qu'une composante de ma personnalité.

Gilles : Voir des gens agir différemment ne t'apporte pas forcément des réponses, mais cela peut au moins te donner des points de repère qui te permettent de continuer à faire à ta façon en connaissance de cause. Ce n'est pas une comparaison parce que les vies sont difficilement comparables, mais cela te fournit des témoins qui t'amènent à te situer et à relativiser.

Mimie : Oui, c'est en regardant autour de soi que l'on y parvient, et pas en se plongeant dans l'introspection. Pour réagir à ta question sur le fait que j'aie besoin ou non de parler à quelqu'un comme moi, je pense qu'observer la façon dont vivent les autres, qu'ils me ressemblent ou pas, constitue une mine d'informations à travers ce que cela déclenche en moi. Peu importe que les gens que j'observe soient noirs, blancs, s'ils n'ont pas un truc qui m'interpelle et me fait m'interroger sur leur parcours, ou si j'ai affaire à des gens qui ne font que parler, je ne suis pas touchée. Mais qu'ils soient comme moi ou de n'importe quelle couleur, n'importe quelle forme, je m'en fous un peu. Je ne me vois pas m'arrêter sur un détail physique alors que je refuse moi-même d'être résumée à cela. Il y a ce que je capte des gens, et leur apparence m'importe peu. Je ne vais pas essayer d'enfermer les autres dans les petites cases auxquelles je tente d'échapper !

Gilles : Bizarrement, en t'écoutant, je prends conscience que moi, par contre, j'ai besoin d'aller parler à ceux qui vivent la même chose que moi. Cependant, je n'espère pas trouver à leur contact de réponses sur moi ; je me dis au contraire que j'ai peut-être des réponses sur eux, pour eux. Je vois tellement de gens se rendre malades pour des trucs qui n'en valent pas la peine ou se poser des questions auxquelles les réponses, si on les formule calmement, procurent un apaisement immédiat… J'ai réussi à surmonter mon abandon, je ne sais pas comment. Je ne suis même pas certain d'en avoir souffert un jour, sans doute grâce à mes parents, aux rencontres, à ces envies qui te font faire le pas en avant alors que tout te prédestine à ne pas en être capable – et quand tu le fais quand même, ça marche. Du coup, j'ai juste envie de parler à ces gens pour leur demander si tout va bien. Si ce feu-là couve en eux, je peux l'éteindre. Il est dans ma nature d'y aller quand je vois quelqu'un souffrir de problèmes auxquels je pense pouvoir apporter une solution.

Mimie : Moi aussi, mais surtout pas parce que c'est quelqu'un de petit. Si quelqu'un comme moi vient me parler, j'essaie de l'écouter et de lui répondre. Mais je ne provoquerai pas la discussion. Et ma réponse sera toujours sensiblement la même. Moi je suis moi, toi tu es toi. Alors construis ta vie en fonction de ce que tu veux en faire, et non pas en fonction de ce que moi j'ai fait de la mienne.

LA DIFFÉRENCE COMME UN RÉACTIF

Gilles : As-tu déjà ressenti de l'hostilité à ton égard à cause de ton physique ?

Mimie : Peut-être est-ce une manière d'occulter la réalité pour me protéger, mais je n'ai pas le souvenir d'avoir été rejetée ou d'avoir eu à subir de la malveillance, ni de la part des adultes ni de celle des enfants. Je ne crois pas avoir eu à affronter un regard spécial chez ces derniers. Apparemment, lorsque j'étais moi-même très jeune, je désamorçais vite cette question. Ceux de mon âge se contentaient de me demander pourquoi j'étais petite, mais par simple curiosité, sans moquerie.

Je le vois encore maintenant avec des enfants, proches ou pas, qui, lorsqu'ils atteignent l'âge de trois ou quatre ans, me demandent pourquoi je suis petite. Je leur fais remarquer que nous sommes tous différents et que, même si je suis petite, je suis quand même plus grande qu'eux ! Évidemment, ça ne dure pas… Les psys pourraient fouiller, je ne pense pas qu'ils trouveraient un rejet ou une attaque quelconque qui m'aurait marquée quand j'étais gamine.

Je me souviens qu'un jour, alors que je faisais mes courses rue des Martyrs à Paris, une petite fille tirée à quatre épingles s'est écriée : « Maman, t'as vu la toute petite dame ? » La mère, très embêtée, a immédiatement demandé à sa fille de s'excuser. La dame était vraiment confuse. J'ai rassuré l'enfant et j'ai fait remarquer à sa mère en riant : « Ce n'est pas grave, elle a logiquement été surprise par une différence qu'elle ne connaissait pas. Il suffit de lui expliquer en amont que le monde est un melting-pot extraordinaire, composé de Noirs, de Jaunes, de gros, de beaux, de moches, d'abîmés, de petits… » C'est aussi ce que je dis à mes neveux et nièces. La fillette n'avait fait que dire spontanément une vérité, avec la candeur des enfants, et la réaction de la mère, confuse parce que « ça ne se dit pas », était vraiment disproportionnée. L'attitude de la mère révèle aussi le malaise qu'éprouvent nos sociétés face à la différence en général. Il existe un discours officiel très ouvert mais, sur le terrain, dans le concret des situations, il y a encore du chemin à faire, et c'est vrai vis-à-vis de toutes les différences. Si on considère une réalité naturelle comme un problème, alors cela en devient un. Alors que si on l'intègre comme une variable de la vie, on s'adapte et tout va bien.

Ce sont les adultes qui, en définitive, ont davantage tendance à se retourner sur moi quand ils me croisent. Il y a vingt-cinq ans, je suis allée pour la première fois avec ma sœur Frédérique aux États-Unis, où j'étais alors inconnue. Là-bas, je n'étais pas une figure publique. Incognito, perdue dans la foule des anonymes, plus de notoriété, rien que Mimie qui se balade en liberté ! Et jamais je n'ai senti la moindre malveillance par rapport à mon physique. Les gens me jugeaient sur ce que j'étais, sur mon comportement immédiat, telle quelle.

Parties en célibataires que nous étions à l'époque, Frédérique et moi nous sommes retrouvées avec une famille de Brésiliens âgés d'une vingtaine d'années, ainsi qu'avec des Sud-Africains avec lesquels nous avons voyagé pendant dix jours. Devant le Golden Gate à San Francisco, Fred m'a prise en photo. Arrivent alors des Français qui, me reconnaissant, commencent à leur tour à me prendre en photo. Les Brésiliens, ne sachant pas qui j'étais en France, ont cru qu'ils me photographiaient à cause de ma différence et se sont mis à protester, arguant que je n'étais pas une bête de foire ! Leur envie de me défendre était touchante, super bienveillante. J'ai dû leur expliquer que j'étais un peu connue dans mon pays et tout s'est bien fini !

J'espère être quelqu'un de souriant, je n'avance pas dans la vie comme une bête blessée. Peut-être cela compte-t-il plus pour ceux qui me croisent que mon physique ? Il y aura bien sûr toujours quelques tordus qui ne comprendront pas que j'aie pu trouver ma place sans chercher à prouver quelque chose ou sans en vouloir à personne. Peu importe, on croise tous des abrutis.

Au bout du compte, je trouve mon équilibre. Quand je vois ces gens qui viennent spontanément vers moi, qui me reconnaissent, que ce soit au quotidien ou au concert des Enfoirés, je me dis que j'ai eu raison d'y croire. Je ne le vis pas du tout en étant prétentieuse, je ne fais pas tout cela pour crier : « Regardez, voyez qui je suis ! » Simplement, je me dis que je ne me suis pas plantée. Je suis à ma place.

Gilles : Tu parles d'être reconnue, mais n'est-ce pas plutôt être aimée ?

Mimie : Les deux sont parfois liés, mais la célébrité n'est pas toujours un gage d'amour. Il existe des gens qui sont reconnus mais détestés. Il y a sûrement certaines personnes qui ne peuvent pas me supporter mais j'espère que ça reste une minorité.

Gilles : Ta différence agit-elle comme un réactif, un révélateur des gens qui sont face à toi ? Le fait d'être autrement te permet-il de découvrir plus vite à qui tu as affaire ?

Mimie : Instinctivement peut-être, mais je n'ai pas l'impression d'en avoir conscience. Il m'arrive encore de percevoir parfois un malaise diffus chez les autres, mais c'est furtif. Je crois qu'il y a quand même une certaine évolution de la société.

Une fois seulement, je me souviens d'avoir été estomaquée – et encore, ce n'était pas volontaire de la part de mon interlocuteur. On était partis au ski avec des amis et des amis de mes amis qui, eux, ne me connaissaient pas. Nous avions passé une semaine ensemble, à partager des fous rires, des repas, des soirées, des descentes sur les pistes, et, à la fin du séjour, croyant me faire un vrai compliment, l'un d'eux me glisse : « Je suis très content de t'avoir connue parce que je pensais vraiment que les nains étaient méchants ! » J'ai dû rire bêtement. Je trouve désolant que les gens se fassent une telle image de la différence.

Dans un deuxième temps, on a aussi le cas de figure de ceux qui ont peur, ne le montrent pas et finissent par me l'avouer une fois qu'ils ont apprivoisé ma différence. Comme cette copine de fac qui m'a dit qu'au début elle n'osait pas me parler de peur de prononcer des mots qu'il ne fallait pas, du genre : « Comment ça va, ma petite Mimie ? » Elle craignait d'être obligée de surveiller ses paroles et ses réactions. D'autres encore ne dépassent jamais le cliché et le transforment en a priori social – « elle est forcément méchante, elle est nulle » – sans jamais aller plus loin. Je suis d'abord une personnalité et je fais avec, ce qui en énerve certains mais heureusement plaît à d'autres.

Gilles : Penses-tu avoir contribué à l'évolution de l'image des gens qui présentent la même différence que toi ?

Mimie : Je suis très modeste sur ce sujet. J'ai sans doute ouvert le regard de certains, surtout dans la jeune génération, en grande partie à travers mon personnage dans la série *Joséphine, ange gardien.* On m'a plusieurs fois raconté que des enfants avaient dit : « Quand je serai grand, je veux être comme Joséphine. » Je trouve cela bouleversant ! C'est quand même magnifique quand on y réfléchit. C'est une victoire de l'émotion sur les limites des apparences et des préjugés. Le fait d'être vue à chaque épisode par des millions de téléspectateurs et que les mômes soient face à cette femme un peu hors norme, à la fois ange gardien et dotée de pouvoirs magiques qui font qu'on oublie sa taille, a sans doute fait naître un respect envers moi. En plus, je suis toujours filmée joliment, mise en valeur. Je pense que cela a sûrement contribué à faire évoluer les mentalités, mais c'est peut-être plus Joséphine que Mimie qui a réussi cet exploit.

Gilles : Je n'en suis pas certain, car tu appartiens quand même à cette catégorie d'individus qui, d'un point de vue artistique, font partie de l'affect des gens. Le public partage un lien affectif avec toi. Il y a des gens que l'on connaît mais pour qui on n'a pas forcément de sympathie. Et des gens que l'on aime et que l'on suit. Il y a vraiment des comédiens dont on se dit qu'ils sont marquants mais avec qui on ne passerait pas un week-end ! Certains artistes sont même réduits uniquement à un rôle ou une fonction. Alors que toi, tu es fortement intégrée à l'univers humain de notre époque de nombreuses façons différentes, à travers tous les projets dans lesquels tu existes ou as existé. Tu es entrée dans les familles, tu en fais partie. Ce n'est pas seulement Joséphine, parce que même des gens qui ne regardent pas assidûment la série te reconnaissent, t'acceptent et t'identifient à la fois en tant qu'artiste et qu'individu. Ce n'est pas dû qu'à ce rôle, même si Joséphine peut être perçue comme un prolongement de toi.

Mimie : Un prolongement… *(rires)*

Gilles : Blague à part, elle est clairement ton émanation, toi qui as joué ce rôle plus de 80 fois. Elle a ton humanité. Tu lui apportes ta personnalité, ta façon de te comporter, tout ce que tu as construit pendant toutes ces années.

Mimie : Le côté sympa joue sans doute effectivement. Mais si Joséphine tient un rôle essentiel dans ce processus, il y a aussi probablement le premier téléfilm que j'avais fait, *Une nounou pas comme les autres*, qui offrait pour la première fois à une personne comme moi la possibilité d'être présentée comme une femme normale dans un programme destiné au grand public. Une femme de petite taille qui va embrasser un homme, vivre une histoire d'amour, exister par ce qu'elle peut faire pour les autres et non en tant que victime. Ça a fait un carton, sans doute né de la curiosité. Beaucoup de gens se demandaient ce que ça pouvait donner. Ils ont suivi, et après, au moment de *Joséphine*, j'avais déjà fait tomber une barrière. Je pense que depuis *Une nounou pas comme les autres*, elles tombent de plus en plus. C'est peut-être un des trucs que j'aurai vraiment réussi dans ma vie, prouver que la différence n'est pas un obstacle. Mais, pour aller plus loin parce que c'est toujours quelque chose qui me travaille, je me dis que si, moi, j'ai abattu cette barrière, pourquoi n'y a-t-il pas une autre femme comme moi dans le monde actuel du spectacle ? Pourquoi ne s'est-il pas plus ouvert à d'autres ?

Gilles : À mon sens, ce ne sont pas des caractéristiques que l'on accepte, ce sont des personnalités, des humanités que l'on suit. Tu apportes ta différence comme un bagage au travers de ce que tu es. Ce n'est pas ta taille qui a fait que le public t'a acceptée mais ce que tu es. C'est ce que tu dégages qui parle à beaucoup. À chaque fois, qu'il s'agisse d'un chanteur, d'une comédienne, d'un acteur – c'est vrai dans tous les métiers d'exposition affective –, certaines personnalités sont tellement attirantes, elles engendrent une telle sympathie et un tel attachement que leurs différences ne se remarquent plus et cela élargit encore notre horizon de ce qui paraît familier. C'est parce que l'on aime que l'on accepte, c'est par envie d'aller vers des gens que l'on ose découvrir. Les grandes causes, ethniques, dissidentes, mais aussi des causes plus quotidiennes, comme celle des femmes seules, des handicapés ou des enfants adoptés, avancent parce que certains de leurs représentants nous touchent par leur humanité et nous offrent le moyen de découvrir leur réalité. Nous sommes tous sensibles quand nous comprenons. Dans ton cas, c'est toi qui es, d'une certaine façon, à l'avant-garde. Les individus qui, quelle que soit leur nature particulière, portent quelque chose d'universel, font reculer les ghettos.

Mimie : Mais je me demande toujours : « Pourquoi moi toute seule ? » Parce que, pour l'instant, on en est là !

Gilles : Peut-être que tu es la seule dans ton genre à avoir la nature qui est la tienne. Tu es une conjonction entre une donnée qui est ta taille, une donnée qui est ta nature, une donnée qui est ce que tes parents t'ont inculqué durant ton enfance, ton énergie et ton talent. Te souviens-tu de Richard Kiel, cet homme immense qui jouait Requin dans *L'Espion qui m'aimait* et *Moonraker*, avec Roger Moore dans le rôle de James Bond ? Un type gigantesque qui croquait les câbles de téléphérique et arrachait la tôle des véhicules…

Mimie : Si tu me conseilles de faire ce genre de choses dans mes spectacles, je vais pleurer…

Gilles : Voilà une nouvelle facette de ton talent à développer ! *(rires)* Richard et toi vous seriez très bien entendus. J'ai eu la chance de le rencontrer et il avait exactement la même approche de la vie que toi, sauf que lui disait que ce qu'il considérait comme un handicap était son meilleur atout. S'il avait fait ma taille, il n'aurait jamais été choisi pour jouer Requin. Le revers de la médaille, c'est que ce rôle l'enfermait dans une caricature parce que son personnage ne lui laissait pas la place d'exister autrement qu'à travers son apparence, contrairement aux héroïnes que tu incarnes. Il réunissait humour et énergie. C'était un type vraiment adorable. Eh bien, figure-toi qu'à cette époque-là, au lycée, j'avais un copain qui mesurait deux mètres et qui vivait un cauchemar au quotidien. Tout était trop petit pour ses jambes et sa taille. Il n'arrivait jamais à trouver de vêtements cool qui lui aillent. Par contre, il disait que le personnage de Requin lui avait permis de se sentir mieux dans sa peau. C'est avec lui que je me suis aperçu que tu dois effectivement faire avec l'enveloppe dans laquelle tu nais, mais qu'il y a aussi la conjonction qui t'entoure. Toi, tu as réussi à dépasser la limite que l'image globale t'impose. Ça marche pour toi et ça emmène un peu les autres.

Mimie : Tant mieux si ça les aide à réussir dans leur propre domaine.

Gilles : Oui, et dans le regard qu'ils portent sur eux-mêmes. En tout cas, après tout le chemin que tu as parcouru, tu es consciente de qui tu es dans ton travail et dans ton être. Aujourd'hui, lorsque tu abordes les gens, tu n'attends plus qu'ils te disent qui tu es. Tu n'en as plus besoin, tu le sais. Tu n'es plus en attente de quelque chose d'extérieur pour te définir, tu ne cherches plus le reflet dans le miroir. Lorsqu'il se présente, c'est ce que tu y vois qui t'apprend sur sa façon à lui de renvoyer une image que tu connais pleinement.

Mimie : Je sais qui je suis, c'est vrai. Mais toi, le regard que portent les autres sur toi a-t-il évolué ? Leur réaction quand ils apprennent que tu as été adopté a-t-elle changé au fil des ans ?

Gilles : Ce n'est sans doute pas pareil pour toi, mais il y a des gens qui viennent me parler de l'adoption parce que cela correspond à un de leurs problèmes et que je semble être une solution. En me voyant normal, équilibré, ils se disent que c'est possible ! Beaucoup de parents adoptants, parce qu'ils sont pudiques, m'envoient des messages du genre : « J'ai lu ce que vous dites de l'adoption. On hésitait et on va oser le faire. » J'ai reçu des dizaines de ces messages bouleversants. Se montrer positif, c'est aussi une façon de donner. L'image que l'on renvoie, toi comme moi, donne aux gens le courage d'être eux-mêmes et d'aller vers leur choix.

J'insiste parce que j'en suis certain : dans ton cas, ce n'est pas l'effet qu'a le rôle sur le public, c'est ta nature qui transparaît à travers le rôle. Je suis absolument convaincu que Joséphine a ce succès parce qu'il y a une cohérence avec son interprète et que le personnage est une émanation de la personne qui l'incarne. Tu pourrais faire un épisode en donnant le nom de Mimie à Joséphine, personne ne s'en rendrait compte.

Je te l'ai dit, le premier truc qui a fait que je t'ai remarquée et que je me suis attaché à toi, c'était cette espèce de puissance. Le talent de Joséphine, c'est d'élever une vie quotidienne vers l'extraordinaire. Tu es un peu ce trait d'union. Tu donnes une réalité à la fable. Les cons en voudront toujours à ceux qui échappent au malheur qui, dans leur conception des choses, devrait découler de leur condition. Par contre, les gens qui se battent tous les jours pour vivre adorent voir leurs frères et sœurs d'humanité s'en sortir. Ils aiment le paradoxe que tu incarnes. À la fois quelqu'un qui a réussi, et qui a transcendé ce qui aurait dû être une différence paralysante pour en faire une force et un exemple.

En l'occurrence, étant donné le degré de connivence que tu partages avec ton vaste public, tu peux te permettre de considérer une réaction stupide comme une expérience. Là encore, ta différence t'apprend sur ceux qui cherchent à te blesser. Aujourd'hui, ils essaient de te ramener à une typologie qui n'est pas la tienne – actrice populaire, accessoirement de petite taille (ce qu'ils oublient même de dire parce qu'ils savent qu'ils se feraient taper sur les doigts là-dessus) –, donc actrice populaire, avec tout le dédain que ce terme peut avoir dans la bouche de certains. Ils sont spectateurs d'un truc qu'ils ne fabriquent pas et ça les rend dingues.

NAINS ET BÂTARDS

Gilles : J'ai remarqué que tu n'aimes pas le mot « nain ». Pourquoi ?

Mimie : Je le trouve aussi moche que le mot « bâtard ». Pas toi ? Blague à part, je ne l'aime pas mais je me soigne ! Le mot ne me gêne pas en lui-même, il désigne une réalité, mais je l'ai peut-être trop souvent entendu ou vu utiliser avec une connotation quasiment insultante. Il n'est en général pas employé comme un nom commun anodin mais plutôt comme une injure.

Le plus drôle, c'est qu'à mes débuts télévisuels, quand on me reconnaissait, j'avais droit à : « Oh, la petite naine de chez Bouvard ! » Comme s'il y avait des grandes naines ! Aussi pléonastique qu'un chauve sans cheveux, ou une grande géante, ou un manchot sans bras. Bref, pour en revenir au mot « nain », je sais que dans la plupart des bouches il n'a pas forcément de consonance méchante, mais mon allergie est sans doute liée à la façon dont étaient employés les gens comme moi avant que je ne débarque dans le paysage audiovisuel. Comme je l'ai dit plus haut, le mot « nain » était toujours associé à des personnages cruels, fourbes, méchants, traîtres et aigris. Et certains de mes concitoyens sont encore persuadés que les nains sont forcément cruels, fourbes, méchants, traîtres et aigris…

Même si Walt Disney a changé les codes en créant sept gentils nains, je n'y peux rien, j'ai toujours rêvé d'être Blanche-Neige plutôt que Grincheux ou Simplet ! Je sais, je me la pète encore une fois !

Alors, par quoi remplacer le mot « nain » ? « Personne de petite taille », c'est complètement ridicule. « Achondroplase », personne ne sait ce que ça veut dire. « Gnome difforme », je l'ai déjà lu sous la plume d'une journaliste bien-pensante dont je tairai le nom, je trouve ça d'une grande classe. Reste Mimie, ça j'aime bien ! Et j'ai la chance maintenant qu'une grande majorité de gens n'aient pas besoin d'ajouter autre chose à mon prénom pour savoir qui je suis.

En même temps, ma taille permet au moins à certains « humoristes » en mal d'inspiration de faire de bonnes vannes bien vaseuses et grasses. Parfois, je me dis que si la connerie est proportionnelle à la taille, je suis contente de ne pas avoir dépassé un mètre trente-deux !

Et toi, que penses-tu du mot dont tu sais que je parle mais que je n'aime pas prononcer… et qui te concerne ?

Gilles : Ce mot sonne effectivement comme une insulte mais je m'en fous. L'emploi que les individus font des choses et des mots ne fait que révéler ce qu'ils sont. Ceux qui te jettent un mot à la figure montrent leurs limites. Je vais même aller plus loin : « fils de pute » n'a jamais été une insulte pour moi. C'est un concentré de clichés, un ramassis facile qui permet à ceux qui n'ont pas d'arguments de tenter de rabaisser l'autre. Qu'est-ce que ça veut dire ? On reproche à un être d'être plus petit que la moyenne ? On lui reproche d'avoir été abandonné ? D'être l'enfant d'une femme qui vit de son corps ? La belle affaire. C'est d'une affligeante pauvreté, d'une pathétique faiblesse. Pour moi, le mot « bâtard » est surtout le témoin de ce que sont les gens qui l'emploient. Et ça, c'est toujours utile pour savoir de qui s'approcher et de qui s'éloigner.

SAVOIR DE QUOI ON PARLE

Gilles : Penses-tu que les organismes et les responsables qui gèrent la vie de notre société comprennent la réalité de ce que toi et des milliers d'autres personnes vivez ? À ton avis, réagissent-ils de manière adaptée ?

Mimie : Je ne représente aucun groupe, je ne suis que moi ! Et encore une fois, ma différence est une différence physique qui se voit et non pas un handicap. Grosse nuance à mes yeux. Je préfère mettre en avant d'autres « différences » beaucoup plus « handicapantes ». Je ne suis pas capable d'évaluer ce qui est fait, ce qui ne l'est pas ou ce qui devrait l'être pour les gens à ma hauteur. Je peux juste dire qu'il y a encore du boulot en France pour que, par exemple, les fauteuils roulants aient la possibilité de se faufiler partout, ou pour que les non-voyants puissent se diriger plus aisément. En revanche, que l'on vote une loi pour que tous les yaourts que j'aime soient à mon niveau, ou que dans l'ascenseur le bouton du 15e étage soit au ras des pâquerettes, je m'en fiche royalement ! Ce n'est pas un rejet de ce que je suis mais plutôt une volonté intime de prendre en compte ce que je considère comme de vrais problèmes et de tenter d'aider ceux qui en ont réellement besoin. Ma réponse peut sembler égoïste car je suis sûre que certaines personnes de petite taille souffrent, mais il y a des milliards de souffrances plus graves sur cette terre, alors j'essaie d'avancer avec mes priorités et mes ressentis.

Tu me parles des responsables qui gèrent la vie de notre société… Je me demande s'il n'y a pas de plus en plus d'irresponsables. Il n'y a qu'à voir le résultat des dernières élections américaines. En espérant que les Français seront plus avisés, mais au moment où nous écrivons ce livre, deux mois avant la présidentielle, je pense que ce n'est pas gagné. Alors, en attendant d'autres catastrophes, essayons de faire au mieux. Apprenons le vivre ensemble. Définir des catégories réductrices et enfermer les gens dedans génère des cases, des classements, et pousse à voter n'importe quoi. Alors que considérer chacun comme un individu qui s'intègre dans toute la richesse et la variété de l'humanité engendre une ouverture d'esprit propice à l'entraide et à la compréhension. On peut rêver…

Et toi, trouves-tu que ce qui est fait autour de l'adoption des enfants est pertinent ?

Gilles : Ce qui fait la différence aussi bien des enfants adoptés que des adoptants ne résulte pas d'une caractéristique naturelle, mais d'un libre arbitre humain qui provoque des abandons pour toutes sortes de raisons, et d'un autre élan qui vise souvent à compenser par l'adoption la difficulté à procréer par soi-même. La réalité de l'adoption est la conséquence de deux aspects bien distincts. En premier lieu, il y a le ressenti que chacun peut avoir de sa situation, en tant qu'adopté ou en tant qu'adoptant. C'est un aspect primordial qui, s'il est bien vécu, ne pose aucun problème – j'en suis le vivant exemple – alors que, s'il est mal accepté, il peut conduire à des situations humaines catastrophiques.

Mimie : C'est un peu pareil pour toutes les différences…

Gilles : Tout à fait, sauf que l'adoption est un fait de société et non une situation imposée par la nature, sur laquelle, du coup, beaucoup d'« experts » donnent leur avis et légifèrent sans forcément savoir de quoi ils parlent. Quelle est la légitimité de ceux qui décident pour nous ? Pourquoi sauraient-ils mieux que les premiers concernés de quoi il est question ? Il y a bien sûr des gens de grande compétence, mais ils ne sont malheureusement pas obligatoirement décisionnaires. Être né sous X, par exemple, ou le droit d'accès à sa propre histoire, ou le fait de se poser des questions, ou encore de devenir parent d'enfants que d'autres ont mis au monde, constituent autant de processus très encadrés par des règlements qui nient souvent le droit des enfants à être informés de ce qui les concerne pourtant et le droit des gens à choisir comme n'importe quel autre individu. C'est généralement vécu par les concernés comme une peine aggravante supplémentaire. Il y a beaucoup à faire pour en tenir compte et faire évoluer la législation dans l'intérêt de l'enfant qui se retrouve dans une situation qu'il subit.

Je trouve choquant que la notion de responsabilité ne soit pas davantage attachée au fait de procréer. J'ai eu de la chance, tout s'est bien passé pour moi, mais mon implication vis-à-vis de ceux que j'ai envie d'aider m'a ouvert les yeux. À une époque où les contraceptifs sont largement accessibles et les avortements possibles, le fait d'avoir un enfant doit, sauf accident ou exception bien sûr, relever d'un choix un tant soit peu réfléchi. Un permis est nécessaire pour conduire un bateau, pour avoir un fusil, même pour vendre des chaussures ! Mais n'importe quel irresponsable peut avoir autant de gamins qu'il veut et s'en débarrasser à la charge de la société, quitte à engendrer d'incroyables douleurs. Je n'ai pas la solution. Je ne dis surtout pas qu'il faudrait un permis pour avoir un enfant, mais un minimum de recul et d'éducation me semble la base. Le fait que l'on épluche à ce point les adoptants potentiels prouve que tout le monde est d'accord là-dessus.

D'autre part, lorsqu'un jeune entre dans une zone de turbulences du fait de son adoption, il se trouve confronté soit à des psys, soit à la police, soit à la justice. J'ai longtemps fait partie d'associations qui aident les adoptants ou les adoptés à trouver des solutions apaisées. Quand tu te pointes devant un gamin en rage et que tu lui dis : « Décompresse, je suis là pour t'entendre et t'aider, je ne suis ni flic, ni juge, ni psy, je suis comme toi », on obtient une autre écoute et d'autres résultats. La justice est débordée, les psys ne sont pas moins névrosés que ceux qu'ils sont supposés soigner et les flics font ce qu'ils peuvent. Dans chaque domaine, il y a heureusement des gens fabuleux qui font bien plus que leur travail et sauvent littéralement des enfants et des parents. Mais, sur le fond, on ne peut résoudre des problèmes humains qu'avec de l'humanité, pas à coups de règlements établis par des gestionnaires dont les priorités sont trop souvent uniquement administratives.

Il y aurait beaucoup à dire sur ces sujets essentiels et on ne peut ici que survoler ces dossiers de façon rapide et forcément réductrice.

Mimie : Tu continues à t'impliquer dans cette démarche ?

Gilles : Le plus possible. Ce qu'il y a de neuf, c'est que beaucoup de lectrices et de lecteurs ont appris que j'avais été adopté. Le fait de me voir en parler positivement, sans honte ni malaise, les libère et ils s'ouvrent à moi. Tout comme certains parents m'ont confié que, grâce à moi, ils avaient osé franchir le pas pour adopter, il y a aussi des jeunes qui viennent me dire que découvrir un adopté calme et serein les rassure. Je suis à chaque fois bouleversé qu'ils portent cela tout seuls. Il leur en faut pourtant peu pour se sentir mieux.

L'autre effet pervers se cache malheureusement dans le processus d'adoption, totalement inadapté. On trimballe les gens de dossiers en entretiens parfois humiliants. Je suis d'accord sur le fait que l'agrément doit reposer sur une évaluation mais, même si les choses s'améliorent, son obtention vire encore à un parcours du combattant qui frise l'inquisition. J'en ai des témoignages régulièrement. Alors les gens se tournent vers l'étranger pour trouver des enfants et cela peut parfois regrettablement contribuer à un véritable commerce aussi scandaleux que le problème qu'il est censé résoudre.

Mimie : Qu'est-ce qu'on peut faire ?

Gilles : Mieux choisir les gens qui décident, simplifier les procédures, arrêter de se voiler la face et écouter vraiment ceux qui vivent les situations de l'intérieur. Que ceux qui n'y connaissent rien se taisent et cessent de s'approprier les problèmes des autres pour faire croire qu'ils sont utiles. Comme pour tous les vrais problèmes, il faut des gens impliqués, qui n'ont pas d'autre ambition que de faire progresser la situation. Travailler sur des sujets aussi sensibles ne peut pas être un simple métier, c'est forcément un engagement au nom d'une cause à laquelle on croit.

ÉCHAPPER
À CE QUI ÉTAIT PRÉVU

Gilles : T'es-tu déjà demandé en quoi ta différence avait influé sur le chemin de vie que tu as choisi étant jeune ?

Mimie : Je n'avais pas envie d'être ce que l'on proposait aux gens de ma condition. Je ne voulais pas être réduite à un cliché. On colle des étiquettes sur tout et sur tout le monde ; je refusais d'être limitée aux a priori des autres. Comme nous tous, j'avais autre chose à exprimer que ce à quoi on aurait pu me résumer. Je voulais aussi sans doute prouver que je pouvais être quelqu'un de joli de toutes les façons possibles.

Gilles : Une carrière d'actrice te paraissait le meilleur chemin pour t'épanouir ?

Mimie : Je te l'ai dit, je n'ai pas décidé après avoir tout soupesé, j'y suis allée à l'instinct. Sans aucun doute parce que j'avais ça en moi. Jouer des rôles était l'occasion de faire passer beaucoup de sentiments, de chanter, d'incarner tout ce que ma vie ne rend pas forcément possible. J'ai eu envie de ce métier pour ne pas être bloquée dans une image que la nature m'imposait, et cela me permet d'exprimer toutes sortes d'émotions au-delà de ce que j'espérais.

Gilles : Pourtant, dans chacun de tes rôles, tu restes proche de ta nature. Si tes personnages sont différents, ils ont le plus souvent tes valeurs, positives et affectives.

Mimie : C'est vrai que je ne vais pas piquer les rôles de Natalie Portman ou Angelina Jolie… Quoique ! Non, sérieusement, je pense être assez gentille dans la vie, j'aime faire plaisir et arrondir les angles, ce qui ne m'empêche pas d'être capable de réagir quand on va trop loin ou de rêver d'interpréter une méchante !

Et toi, en quoi le fait d'avoir été adopté a-t-il influé sur l'orientation de ton activité ?

Gilles : Moi qui passe ma vie à observer les autres, j'ai paradoxalement du mal à m'analyser. Ce que me disent mes proches dessine pourtant quelques réponses. Je crois que deux paramètres ont conditionné mes choix. Pour ne pas être seul, comme pour être aimé, il faut être utile, parce qu'on ne jette pas ce qui est utile. Il y a bien sûr ceux qui naissent bénis, attirants, grands, beaux, riches, mais je ne suis pas de ceux-là. Pour être accepté, il fallait que j'y mette du mien. Je n'éprouve aucune amertume vis-à-vis de ça, c'est juste un fait que j'ai très vite choisi de prendre en compte. Je le dis souvent dans mes livres car je crois que c'est une des clés de notre monde : il faut tendre la main, s'offrir aux autres, apporter ce que l'on peut à la table du banquet. J'ai donc toujours voulu aider les gens, faire davantage que ce que je peux, me charger de ce qu'ils n'aiment pas faire. Après, j'ai très rapidement été conscient que ce monde est rarement joyeux. J'ai été très tôt sensible aux douleurs des gens et aux difficultés qu'ils affrontent. Je pense que je tiens cela en grande partie de ma grand-mère, Charlotte. Pour elle, soit on prenait tout au tragique, soit on décidait de s'élever et d'utiliser ce que la vie nous inflige comme une leçon. Elle m'a vraiment inculqué cet esprit-là. Mon père – son fils – n'a fait que renforcer cette approche et m'a de toutes ses forces transmis cela. Ensuite, dans tout ce que j'ai pu faire, l'idée pour moi a été de donner aux gens quelque chose qu'ils n'avaient pas prévu, dont ils ne ressentaient pas forcément le besoin, en espérant que cela les aiderait à aller plus loin sur leur propre chemin.

Je m'efforce de considérer la vie dans ce qu'elle a de plus beau. Je n'ignore pas ce qu'elle a de douloureux mais je ne pense pas utile de tout ramener à cela. De là à l'envie de la raconter sous son aspect le plus positif, il n'y avait qu'un pas. Le cinéma a été ma porte d'entrée. Mais avec l'écrit, on peut y parvenir plus puissamment, plus intimement. Lire est une rencontre entre le lecteur et l'auteur. C'est un lien à deux, assez exclusif. Avant et après la lecture, on partage avec les autres autour de cette expérience mais, pendant, on est seuls, à deux, dans une bulle. L'univers de celui qui raconte n'est perverti par aucune des influences extérieures. Tu es bien avec l'auteur, ou pas. C'est une relation intense, sans toutefois trop s'éloigner de la vraie vie.

Être fils adoptif ne change rien au quotidien, mais savoir que des gens peuvent abandonner celui à qui ils ont donné la vie change forcément quelque chose. Ce comportement définit aussi notre espèce. Les gens peuvent te laisser tomber, t'abandonner, même ceux qui devraient prendre soin de toi. Étant conscient de cela, ajouté au fait que je ne me porte pas une grande estime, mon premier devoir, ma planche de salut est de me rendre utile et de mériter ma place dans la compagnie des hommes.

Je sais qu'il y a aussi en toi cette envie de tisser des liens avec les gens, et je sens que c'est un moteur très puissant. Amuser ses potes pour être intégré est finalement assez classique. Nous sommes nombreux à faire les clowns pour attirer l'attention ! Mais il y a parfois une dimension plus profonde, plus affective, qui n'a rien à voir avec l'ego ou la soif de reconnaissance. C'est ce moteur-là qui te pousse à risquer le tout pour le tout, c'est cette envie qui te force à te creuser les méninges et à tenter. Parce que tu as peur, tu passes ton temps à observer pour apprendre, tu utilises tes capteurs pour ressentir davantage, tu doutes et tu penses plus. Il faut une valeur ajoutée à ce que l'on propose aux gens, sinon il n'y a aucune raison pour qu'ils nous choisissent ou même qu'ils restent près de nous. Et c'est finalement ce qui nous fait progresser.

DES PONTS VERS LES AUTRES

Mimie : Tu dis que faire rire est un excellent moyen de ne pas être seul. Je te rejoins complètement là-dessus. J'ai toujours pensé que, si on est tout seul, c'est souvent parce que l'on ne va pas assez vers les autres – par le rire ou autrement.

Gilles : À mon sens, certaines personnes sont seules parce qu'elles ont peur ou qu'elles ne savent pas s'y prendre pour nouer le contact ; celles-là, il est important de les détecter et, si possible, de faire le premier pas vers elles. D'autres se ferment simplement par nature, par aigreur, et il n'est pas forcément évident de les approcher. Parfois, tristement, on n'a pas d'autre choix que de les abandonner à leur sort. Mais beaucoup de gens sont seuls simplement parce qu'ils n'osent pas aller vers les autres. À ceux-là, il faut tendre la main. Toi, tu as cette force de vie qui te pousse à surmonter tout ce qui pourrait constituer une barrière. C'est ta nature. Tu as cet élan vers autrui, comme moi. Pourquoi sommes-nous allés l'un vers l'autre aussi vite et aussi joliment ? Nous portons cette envie-là. Certains restent prisonniers de leurs craintes et se laissent écraser.

Dans tout ce que j'ai fait, il y a cet élan, mêlé d'une certaine inconscience. Comme lorsque tu fonces avec ta mobylette jaune vers ton destin ! Dans mon cas, ce désir d'aller vers les autres s'est traduit par le besoin d'écrire des bouquins alors que cela ne se faisait pas dans ma famille ni dans mon entourage et que, dans notre pays, les écrivains célébrés sont tous des bustes en marbre avec des perruques en bronze ! Il faut quand même être extraordinairement motivé pour tenter sa chance alors qu'on nous rabâche qu'il y a, d'un côté, les génies qui savent et, de l'autre, les misérables dont nous faisons partie. On nous fait croire que nous n'avons aucune chance, alors que la vie nous prouve le contraire chaque jour – toi et moi en sommes l'exemple vivant ! Je souhaite que nos aventures donnent envie de se lancer à tous ceux qui hésitent ! Quand on écrit, on ne se demande pas qui va être intéressé par son livre, on ne réfléchit pas. On se jette à l'eau et on raconte comme si on parlait à quelqu'un.

Mimie : C'est le même mécanisme dans le jeu ou la scène, mais qui s'exprime d'une autre façon. On agit ainsi juste parce qu'on en a envic, parce qu'on est fait comme ça. Benoist Gérard, mon homme, dit que certaines choses sont écrites et décidées, que l'on a un destin. Je ne suis pas de cet avis mais, en même temps, il est vrai que j'aurais pu me retrouver derrière un bureau à faire de la compta… Alors après tout, oui, certaines choses sont peut-être écrites. Il est possible qu'on se soit trouvés toi et moi parce qu'on a tous les deux un trop-plein de choses à partager. Crois-tu que, pour toi, cela vient du fait que tu as été abandonné ?

Gilles : Je ne crois pas que le fait d'avoir été abandonné soit déterminant. C'est tout simplement le fait d'être différent qui conditionne cette réaction. Quand on est isolé d'une façon ou d'une autre, comme sur une île, on lance des ponts vers les autres terres, on s'embarque sur des radeaux de fortune pour s'échapper. Quelqu'un de trop grand, quelqu'un d'une autre couleur de peau, quelqu'un d'une autre langue, d'une autre aptitude, qui que ce soit d'un peu décalé par rapport à ce qu'il voit autour de lui se sent en fragilité. Si l'individu en a la force, il cherchera forcément le contact, l'association pour se rassurer. Je suis convaincu que le processus est le même pour les différences invisibles, comme pour les traumas subis. C'est dans le rapprochement avec l'autre que notre espèce se soigne. Si on arrive à intégrer notre différence en conscience, elle devient alors une chance et, parfois même, un moteur.

Mimie : Lors d'une interview récente, la journaliste m'a demandé : « Pensez-vous que vous auriez autant réussi si vous n'étiez pas ce que vous êtes ? » Que répondre à ça ? Comment savoir ? En trente-cinq ans de métier, je pense avoir montré qui je suis et ce que je peux. Ma taille n'explique pas le lien que j'ai établi avec le public. Ma carrière ne s'explique pas plus par ma taille que la tienne par tes anciennes couvertures avec des chats ! Les gens nous remarquent peut-être pour une différence, mais ce n'est pas ce qui les fait rester ou les pousse à nous choisir sur la durée. Aurais-je réussi si j'avais été plus grande ? Est-ce que j'aurais voulu faire le même métier ? Je n'en sais rien. De toute façon, la question ne se pose pas, on n'a qu'une vie ! Après, la journaliste m'a demandé si j'accepterais d'avoir des jambes de mannequin si on me les proposait. J'ai répondu que non. Pas parce que je me trouve sublime, mais parce que je fais avec ce que je suis. C'est un lot, avec mon caractère, mes petites jambes, et tout le reste ! Notre chance à tous les deux, c'est d'accepter ce que nous sommes.

LE PARTAGE

Mimie : Le partage est une notion essentielle pour moi. Dès mon enfance, je me suis dit que, plus tard, mes placards de cuisine seraient pleins au cas où des copains viendraient boire un verre ou manger un morceau, que je serais toujours prête. Je suis résolument comme ça aujourd'hui.

Un psy me poserait sûrement la question : mon tempérament de meneuse, de rassembleuse est-il lié à ma taille ? Peut-être que je n'aime pas être celle qui attend qu'on propose, celle qui suit. Sans doute par peur que l'on m'oublie dans un coin. Alors qu'en étant celle qui provoque, celle qui organise et reçoit, je suis sûre d'être là. Mais en faisant gaffe de n'oublier personne.

Gilles : Je suis bien d'accord avec toi. Mais l'importance du partage naît sans doute chez moi du fait que, seul, je ne me considère capable de rien. J'accomplis « pour », je fais « avec ». Ce qui se vit seul ne m'intéresse pas. J'ai besoin d'interagir. Du coup, j'ai toujours aimé partager – des moments de vie, des expériences. Vivre parmi les autres est vital. J'ai toujours aimé emmener ceux que j'aime avec moi. Je te rejoins sur le fait d'être un rassembleur. Je suis souvent celui qui propose, et j'entraîne les miens – au sens large – avec moi. J'ai toujours préféré organiser, être le moteur, que me laisser conduire. Sans doute parce que cela me permet de m'assurer que ceux qui m'entourent se sentent bien, de mieux veiller sur eux. Et, au passage, d'être sûr de ne pas être seul. Tu parlais de psys, je crois qu'ils seraient tentés de rapprocher ce désir-là du fait d'avoir été abandonné...

Par contre, même si j'adore voir des gens et échanger, l'inattendu est mon pire ennemi. Peut-être par peur de l'imprévu, peut-être parce que je n'ai jamais assez de temps dans une journée, je ne sais pas. Pascale, ma femme, est plus souple que moi face à l'improvisation. Moi, je passe mon temps à gérer ; du coup, les surprises – même excellentes ! – ne sont qu'un dossier de plus à caser dans un planning impossible. Par peur de mal faire, je veux tout préparer à fond, avec beaucoup de soin. Je suppose que cela me prive d'une part d'imprévu qui me correspond pourtant bien. Alors que toi, tu as réussi à dépasser ça.

Mimie : J'ai réussi à le dépasser à travers ce que j'ai vécu. Les galères m'ont amenée à relativiser, sur l'argent, sur le temps. Pendant la période Fugain, par exemple, nous vivions souvent au jour le jour et le budget était très serré. L'argent n'était pas forcément là, mais le partage, si. On vivait à plusieurs dans un deux-pièces, mais c'était souvent nous qui recevions. On faisait des pâtes, des boîtes de cassoulet immondes, mais on était tout le temps dix à table et l'ambiance était géniale.

Gilles : Pour toi, la période Fugain est importante. Était-ce la découverte d'une autre vie ?

Mimie : C'était le début de quelque chose, une porte qui s'entrouvrait sur un monde qui n'était pas celui du « métro, boulot, dodo ». Un pas de côté. Un pied de nez à mes études de sciences éco, aux amphis, aux travaux pratiques… J'ai toujours été convaincue qu'en bossant, j'arriverais à m'en tirer dans l'existence, mais pas avec ces notions professionnelles auxquelles je ne comprenais rien. En première année de fac, mon prof de compta me disait, atterré, que je ne serais jamais capable de faire un bilan comptable. Je lui répondais de ne pas s'inquiéter : je ne saurais peut-être jamais en faire, mais si un jour je gagnais de l'argent, je saurais gérer !

Depuis ma plus tendre enfance, j'ai vu ma mère noter toutes ses dépenses. Mes parents devaient absolument tout compter. À la fois parce qu'il arrivait que le budget soit très juste et par esprit de rigueur. Même quand j'étais fauchée, je n'ai jamais noté. Qu'on ait de l'argent ou pas, ça ne change rien de l'avoir écrit sur un carnet ! Par contre, paradoxalement, je n'ai jamais été à découvert à la banque. Je savais jusqu'où aller. Je suis très contente de bien gagner ma vie pour en profiter et en faire profiter ceux que j'aime.

Gilles : Tu n'aides pas les gens pour te fabriquer une image, c'est ton tempérament qui t'y pousse. Tu n'as pas une perception sociale de tes actions. Ce qui compte, c'est le moment, les gens qui t'entourent.

Mimie : Je ne fais pas grand-chose à contrecœur. Et le résultat me va. Mais si c'est une qualité, cela peut aussi être un défaut. J'ai parfois du mal à me laisser guider et ce n'est pas forcément évident pour mon entourage proche. Mais je me soigne !

PEUR DE QUOI ?

Gilles : Quelles sont tes plus grandes peurs ?

Mimie : Je ne pense pas qu'elles soient liées à ma différence. Quand j'étais enfant, je ne pouvais pas m'endormir sans écouter la maison vivre. Entre l'âge de dix et douze ans, j'avais peur de ne pas me réveiller et de disparaître pendant la nuit. Peur de mourir. Je préférais louper la fin d'un film et aller me coucher avant tout le monde pour entendre encore les miens. Puis je me suis rendu compte que j'adorais le tic-tac du réveil, que cela me rassurait. J'appréciais aussi le cliquetis régulier de l'horloge qu'on avait dans la cuisine. Alors que, dans la vie courante, je ne supporte pas les petits bruits !

Gilles : C'est marrant, j'ai le même attachement aux horloges. Je trouve étonnant que le rapport au temps se manifeste à travers ce qui permet de le mesurer ! Comme si le tic-tac des horloges réussissait à matérialiser quelque chose d'impalpable. Parce que je suis un obsédé du temps, ce temps que j'ai peur de perdre ou de gâcher, et parce que la mécanique de sa mesure me sécurise, j'ai toujours aimé les pendules. Avec ma femme, dans notre maison, nous en avons eu jusqu'à vingt-deux ! Où que tu te trouves, tu en voyais au moins une. C'était trop, j'ai appris à me calmer là-dessus aussi et j'en ai rangé quelques-unes…

L'un de mes souvenirs d'enfance les plus forts est en rapport avec ça. Pour mes sept ans, un oncle m'a offert un coucou. Une petite maison en bois sombre avec des écureuils sur les côtés et un oiseau au sommet. Je l'avais attendu deux ans et, quand je l'ai enfin eu, j'étais fou de bonheur. À l'époque, il n'y avait pas de petite manette pour arrêter le chant de l'oiseau toutes les heures et demi-heures. Si on voulait du silence, il fallait retirer les poids en forme de pomme de pin. Je n'ai malheureusement plus ce souvenir d'enfance, mais Pascale et mes enfants m'en ont offert un il y a trois ans, choisi dans une boutique incroyable en Alsace, remplie de coucous ! Je ne le mets pas tout le temps parce que le tic-tac assez sonore gonfle tout le monde. Je suis le seul à aimer ce cliquetis régulier parce que, pour moi, c'est la marque du temps. Tout comme le ronronnement d'un chat. Une sorte de référence immuable, quoi que tu vives.

Mimie : J'ai un vrai réveil mécanique qui fait tic-tac. Quand je suis en tournage, j'aime bien avoir deux réveils car j'ai peur que l'un des deux tombe en panne de pile et ne fonctionne pas. Alors que je me réveille pratiquement toujours avant la sonnerie… À la maison, il y a le réveil électrique du côté de Ben et mes deux tic-tac décalés de mon côté à moi. Cela me permet de m'endormir sereinement.

Mais nous ne parlions pas de réveils, mais de peurs ! Quelles sont les tiennes ?

Gilles : Gamin, j'en avais trop pour me souvenir d'une seule. Je n'ai jamais eu aucune phobie mais je me suis toujours inquiété pour tout. Peur de la maladie pour mes proches, peur de me perdre, peur de ne pas être à la hauteur… C'est en grandissant que l'on se rend compte que nous sommes incroyablement nombreux à redouter ces choses-là. Maintenant que je suis à peine plus grand, il ne m'en reste qu'une, apparue d'ailleurs tardivement : celle de ne pas être capable de protéger ma famille. Si j'ai un rôle sérieux sur cette terre, si je ne dois retenir qu'une fonction, c'est celle de père, aux côtés de Pascale. Tout le reste n'est finalement qu'une sorte de jeu. Rien ne m'implique autant. Cela ne veut pas dire que je me fiche de ce que je fais, mais ma paternité et ma famille me motivent plus que tout.

Et toi, aujourd'hui, de quoi as-tu peur ?

Mimie : Vaste question, mais ma principale peur est de perdre les gens que j'aime. Je sais que ça arrivera, ça a déjà commencé, mais l'idée que mes parents ne soient plus là m'est insupportable. Mes sœurs, ma bande d'amis. En même temps, c'est le cycle de la vie et j'envie ceux qui croient qu'on se retrouve tous un jour ou l'autre, quelque part ailleurs. J'ai de même très peur, comme tout le monde, de la maladie grave, pour moi, pour ceux que j'aime.

Ma dernière peur est d'être dépendante physiquement, et de ne plus pouvoir assurer. Les gens comme moi ont un dos fragile et j'en suis à ma troisième opération, mais j'espère bien pouvoir être debout jusqu'à la fin de ma vie. N'en déplaise à certains torchons à scandale qui m'annonçaient paralysée... Je suis debout et bien décidée à le rester.

CES CONVICTIONS QUI NOUS TIENNENT ENVERS ET CONTRE TOUT

Gilles : Je me demande souvent d'où vient cette foi qui nous pousse régulièrement à continuer alors qu'objectivement tout nous incite à renoncer. Pourquoi s'acharne-t-on contre vents et marées à devenir ce qui, tout au fond de nous, semble nous correspondre ?

Mimie : Parce que c'est dans notre ADN, j'en suis sûre. Après avoir pleuré toutes les larmes de mon corps à la fin de chaque spectacle de Fugain à Lyon, tant je mourais d'envie d'être avec eux sur scène, après mes multiples activités en tant qu'animatrice dans les VVF, après m'être accrochée pendant des années à mon rêve, même une fois à l'Atelier de Fugain, ça n'a pas été facile pour autant.

À l'Atelier, j'ai mis du temps à me sentir à l'aise, notamment vis-à-vis de la danse. Je dansais comme tout le monde, mais au début, j'avais du mal à me voir dans le miroir au milieu de ces grandes filles élancées, je les regardais elles. C'est là que Michel et Stéphanie m'ont dit, comme mes parents quelques années avant eux : « Assume-toi ! » Grâce à eux, j'ai continué à oser.

À l'époque, on faisait quatre à cinq heures de danse par jour et je me débrouillais plutôt bien. Je le faisais à ma manière, mais je le faisais ! Je ne dansais pas comme les autres, mais les autres ne dansaient pas comme moi non plus. Subtilité que Fugain m'a enseignée.

Gilles : Cela t'a-t-il aidée ?

Mimie : C'est évident. Le premier pas, dans la danse ou dans la vie, consiste à t'accepter. Il y avait une super ambiance et j'ai tout de suite trouvé des gens avec qui je me sentais bien, comme Gaby, qui venait d'une école de danse réputée. Nous sommes devenues très copines et nous le sommes toujours. Je me suis intégrée sans problème.

Il y avait cependant dans le groupe des filles à papa qui n'étaient pas là pour apprendre, mais pour l'image que ça leur renvoyait. Beaucoup d'entre elles ont bifurqué en route. Ce métier demande trop à ceux qui ne cherchent qu'un miroir flatteur. Il faut y mettre ses tripes. C'est ce que j'ai fait, ce que nous faisions tous. Comme je te l'ai dit, pour payer les factures, je faisais plein de petits boulots, notamment les week-ends au VVF de Menton. On partageait un appart à plusieurs. C'étaient des années de galère mais je ne les regrette absolument pas. On était passionnés et heureux.

Et toi, tu as connu aussi des années galère ?

Gilles : Psychologiques, oui, mais pas matérielles. Pour ce qui est des tourments intérieurs et des doutes, je me demande d'ailleurs souvent si j'en suis sorti ! J'ai commencé modestement sur les plateaux de cinéma anglo-saxons, mais c'est un milieu où, dans les studios, entre techniciens travaillant sur un même projet, l'entraide est réelle. J'étais alors vraiment jeune et, peut-être à cause de mon âge, mais plus certainement grâce à la gentillesse de ceux dont j'ai croisé la route, j'ai toujours bénéficié d'une grande bienveillance, même au début lorsque je parlais à peine anglais, même lorsque j'ai commis des erreurs.

Entre mes séjours sur les plateaux à l'étranger, je loupais consciencieusement mes études au lycée tout en développant quand même de vrais liens avec mes camarades de classe. Parallèlement, je travaillais dans des supermarchés pour gagner de quoi me payer mes billets d'avion. J'avais une telle envie que je n'éprouvais aucune fatigue. Toute mon énergie était consacrée à approcher ce milieu générateur d'émotions. Pendant des années, j'ai vécu sans trop savoir comment, pied au plancher, rebondissant d'un projet à l'autre, sans savoir où je me réveillais le matin, finissant souvent les séjours vêtu des fringues que me prêtaient des potes qui en avaient emporté plus que moi ! On dormait dans les recoins des bureaux d'études, on réfléchissait à ce qu'on allait manger au moment de passer à table. Ma spécialité, c'était la salade de M&M's à la vinaigrette ! On était une sacrée bande et nous ne vivions que pour créer des films comme – nous en étions convaincus – « on n'en avait encore jamais vu ». Le résultat n'a pas toujours été à la hauteur de nos ambitions, mais parfois si. C'était une période de créativité intense dont j'ai eu la chance d'être le témoin privilégié.

Comme toi, j'ai eu des doutes sur la place qui pouvait être la mienne, beaucoup, mais l'écriture est venue naturellement. C'est une activité que l'on pratique seul, contrairement au spectacle qui nécessite des partenaires dès le départ. Les ennuis ont commencé quand j'ai voulu trouver un éditeur. Onze ans pour faire éditer mon premier roman. Onze ans ! Entre ceux qui ne lisent pas et ceux qui sont gratuitement méchants parce qu'ils te font sentir que ta vie dépend d'eux, c'est assez bizarre. Dans le cinéma, côté technique, j'avais été habitué à voir des gens compétents juger un travail avec pour seul critère de savoir si le résultat pouvait fonctionner. Dans le métier du livre, j'ai tout à coup découvert un milieu où, trop souvent, la compétence et l'émotion n'entrent pas en ligne de compte. Tout ce qui importe, c'est d'avoir la meilleure place possible et de la garder en détruisant tout ce qui peut la remettre en cause et en profitant de tout ce qui peut la consolider. J'appelle ça la stratégie du cafard. Moralement, ce fut une période très sombre pour moi. Aucun repère tangible, des rapports humains faussés par des éléments que je ne comprenais pas et qui me choquent toujours autant. Donner le meilleur de moi-même ne servait à rien, puisque personne ne regardait ce que je faisais. On se contente juste de jauger qui tu es et qui tu connais, à quoi tu peux servir… Des gens pour profiter, il y en a plein, mais des gens pour risquer et construire, c'est plus rare.

Mimie : Les romans que tu proposais à l'époque et qu'on te jetait à la figure sont-ils ceux qui ont fait ta réussite depuis ? Avec le recul et maintenant que tu connais le succès, quel regard portes-tu sur ces rejets ?

Gilles : Je n'en avais écrit que quelques-uns et ils ont fini par trouver leur chemin – parfois chaotique – vers le public, qui en fait ce qu'il juge bon. Je ne suis pas capable d'évaluer ce que je fais, d'ailleurs ce n'est pas à moi de le faire. La seule chose dont je pouvais être sûr et qui m'a servi de bouée face à chacun de mes doutes, c'étaient ma conviction et ma sincérité. J'ai toujours cru en ce que je faisais et je continue. C'est le seul critère que je puisse objectivement mesurer. Ces jugements sur mon travail, parfois gratuitement cruels, m'ont enseigné deux choses essentielles : « Ceux qui sont supposés te juger ne sont pas forcément doués pour le faire » et « Tant que tu y crois et qu'il reste une possibilité de réussir, même infime, ne renonce à rien et avance ». Aujourd'hui, ce n'est pas forcément plus simple. Je n'ai plus les mêmes problèmes mais j'en ai d'autres ! Je n'en veux à personne. Quel que soit le métier, tôt ou tard, tout le monde se heurte à des murs ; un jour ou l'autre, tout le monde a des cailloux dans sa chaussure. Mais je garde la mémoire des gens et des mécanismes, et il n'est plus question pour moi de perdre du temps avec eux en les prenant au sérieux. Aucune rancœur, mais je retiens parfaitement les leçons que la vie m'enseigne.

Mimie : Avec tous les gens que tu connaissais dans le cinéma, tu n'as pas été tenté de te servir de tes relations pour surmonter ces refus ?

Gilles : Je ne le voulais pas. Par fierté, par intégrité, peut-être par orgueil au début. Je désirais m'en sortir par moi-même, uniquement grâce à mon travail, afin que, si ça marche un jour, cela veuille dire quelque chose pour de bonnes raisons. Je ne sais même pas si mes quelques relations m'auraient servi à grand-chose tant l'édition est un milieu fermé. Heureusement, il existe de vrais éditeurs, curieux, engagés, courageux, pros, mais ils ne sont pas légion. C'est un aspect compliqué du métier d'écrivain, particulièrement en France. Pour bien pratiquer ce métier et offrir le meilleur au public, dans tous les registres, on a besoin de gens qui nous disent ce qu'il faut améliorer, qui nous poussent à bosser, qui nous guident et, pour les plus doués d'entre eux, qui voient en nous ce que nous ne voyons pas nous-mêmes. Mais c'est rare ! Alors souvent, on se retrouve face à des prétentieux qui n'y connaissent pas grand-chose, qui s'en foutent malgré leurs beaux discours et qui, entre deux RTT ou subventions, publient de trop nombreux livres comme on sème autant de graines au vent, sans chercher à faire éclore les talents individuels, en ne raisonnant qu'en termes de parts de marché globales. Ces gens-là ne font rien par philanthropie ni même par goût, ils n'agissent que par intérêt. Les auteurs ne sont que des pions sur leur échiquier et ils n'hésitent pas à les sacrifier. Rien d'humain là-dedans. Avec une telle approche, cynique et opportuniste, ils sont certains de récolter les fruits des graines qui parviennent à pousser malgré leur incompétence – et celles qui ne poussent pas deviennent du terreau pour en semer de nouvelles !

Bien sûr, comme partout, il y a des gens bien, mais il faut les trouver ! Au-delà de tous les doutes que j'ai pu avoir sur mes aptitudes à écrire, c'est cela qui a été le plus dur : être confronté à ceux qui détruisent ce qui les fait pourtant vivre.

Mimie : Eh ben voilà, ça, c'est fait ! Je pense que ceux dont tu parles se reconnaîtront… Le fait d'être aujourd'hui reconnu et d'avoir un public fidèle t'épargne-t-il d'avoir à subir cela ?

Gilles : Cela te donne simplement le courage de ne plus l'accepter. C'est surtout le fait de ne me fier qu'aux gens que je sens bien qui me sauve, parce que pour le reste, grand ou petit, on vit tous la même chose. On retrouve sans doute cette règle dans le spectacle.

Mimie : Complètement ! Encore maintenant, bien que j'aie prouvé que je m'en sortais pas trop mal – ou alors cela voudrait dire que le public est crétin de me suivre depuis trente-cinq ans –, j'entends parfois des choses horribles sur moi, sur ma façon de jouer. Comme si j'avais usurpé mon succès… Toi, ce sont les éditeurs qui ne te lisaient pas. Moi, ce sont les gens du métier et certains critiques qui ne daignent même pas venir voir ce que je propose. Heureusement que le public est là !

Gilles : Super ! C'est tellement réconfortant de savoir qu'on n'est pas les seuls à en baver à cause de pignoufs ! *(rires)*

MATERNITÉ ET PATERNITÉ

Gilles : Regrettes-tu de ne pas avoir porté toi-même un enfant ?

Mimie : C'est vrai que, dès ma plus tendre enfance, je rêvais d'avoir des enfants, qui deviendraient aussi complices que je le suis avec mes sœurs.

Premier problème : pour faire un enfant, il faut généralement être deux, et jusqu'à Benoist je n'avais pas rencontré un père potentiel digne de ce nom. Sauf que lorsque le coup de foudre nous a « frappés », j'avais quarante-cinq ans. Même si Benoist était prêt à m'offrir ce cadeau de la vie, pour différentes raisons, faire un bébé devenait compliqué.

Deuxième problème, il aurait fallu, en raison de ma taille, que je reste allongée plusieurs mois. C'est vrai que j'étais en plein succès, cependant j'aurais pu mettre ma carrière quelques mois entre parenthèses sans regret. Mais il faut quand même préciser que j'aurais pris des risques pour ma santé et pour mon dos déjà très fragile.

Et troisième problème, qui n'est pas le moindre, quitte à choquer : j'avais quand même une chance sur quatre – ce sont les statistiques – de mettre au monde un bébé de mon format. Sincèrement, c'est le hasard qui a fait les choses dans ma famille, puisque les échographies n'existaient pas à l'époque et qu'aucun antécédent familial ne pouvait laisser présager ma différence. Mais moi, je ne me sentais pas d'imposer volontairement la même différence à mon enfant. Qui l'aurait peut-être vécue moins bien que moi. Pour être plus claire, quitte à déplaire aux associations bien-pensantes : si on m'avait annoncé au bout de quatre mois, délai pour une amniocentèse, que j'étais enceinte d'un enfant achondroplase, je ne l'aurais pas gardé. C'est un choix personnel et je l'assume. J'ai préféré m'abstenir de peur de souffrir et de faire souffrir. Je ne juge personne et je demande à ne pas être jugée. De toute façon, le problème ne s'est pas posé puisque je ne suis pas tombée enceinte.

Mais la vie fait plutôt bien les choses puisque j'ai eu la chance, le bonheur, de trouver quatre enfants dans ma corbeille de mariage, et ma famille recomposée me comble largement. Tout va bien.

Et toi, le fait d'avoir été abandonné a-t-il modifié ta perception de la paternité ?

Gilles : Intellectuellement, oui. Mais l'intellect ne pèse pas grand-chose face au ressenti de la vie ! Quand je me suis marié avec Pascale, j'ai d'abord eu un raisonnement purement abstrait. Je me suis dit que « fabriquer » des enfants neufs, par nous-mêmes, était inutile puisqu'il en existait déjà tant qui attendaient de l'affection. Peut-être parce que je suis un homme, j'ai moins ce rapport charnel et possessif à l'enfant. Mais ma moitié n'était pas de cet avis. Pascale avait le désir de porter nos enfants, de leur donner la vie. Alors j'ai changé d'opinion et nous avons fait deux petits. Le fait d'avoir été adopté rend plus évidente chez moi la part de l'apport autre que génétique que l'on peut avoir envers eux. La transmission reste à mes yeux l'enjeu de la paternité. La transmission dans l'amour et dans le respect de ce que l'enfant révèle de sa propre personnalité. Il faut l'écouter et lui dire tout ce que l'on sait, lui montrer un maximum de choses. Il en fera, comme toi, comme moi, ce qu'il peut ou veut !

UNE CERTAINE FAÇON DE SE PROJETER...

Gilles : Est-ce qu'aujourd'hui, quand tu imagines un projet, tu tiens compte de ta différence ?

Mimie : Je ne me pose pas la question. Je n'oublie pas qui je suis et ce qui me caractérise aussi bien physiquement et moralement qu'humainement, mais je n'y pense pas sans arrêt. Je n'ai jamais intégré ma taille comme un paramètre. Et toi ?

Gilles : Le fait que j'aie été abandonné n'influe pas sur mes choix ou mes décisions mais, par contre, cela m'a enseigné une donnée dont je tiens compte en permanence : je sais que n'importe qui peut me lâcher, qu'aucun lien n'est indéfectible. Si ce lien viscéral qu'est l'enfantement peut être brisé, alors lequel pourrait être éternel ? Cela teinte de toute évidence ma façon d'appréhender les attachements. Je sais qu'ils ne sont jamais automatiques. J'y suis d'autant plus sensible qu'ils sont volontaires. Rien n'est normal, rien n'est gagné d'avance.

Mimie : Notre décalage s'explique sans doute par le fait que ta différence, tu la dois à quelqu'un, alors que moi, je ne la dois à personne. Je suis ainsi, alors que toi, on t'a rendu comme ça.

Gilles : C'est juste. Du coup, cela modifie mon rapport aux autres. Ma différence influe sur ma façon de tisser des liens et la valeur que je leur accorde.

Mimie : De ma place, ma différence ne concerne que moi – un peu aussi quand même mon rapport aux autres dans la réaction qu'ils ont en la découvrant. Mais ce n'est pas ce qui me structure. Je suis toujours allée de l'avant, et cela découle peut-être de ma réaction face aux dames qui s'étaient retournées sur moi quand j'étais petite. Aujourd'hui, j'arrive en oubliant ce « détail ». Certains de mes copains, comme la camarade de fac dont je t'ai déjà parlé, m'ont confié qu'au début ils étaient gênés, qu'ils avaient peur d'être obligés de me parler d'une certaine façon, de faire attention, de prendre des précautions. Avec la directrice du VVF, une fois passé le premier choc – pour elle ! –, ç'avait finalement été très simple. Je crois que certaines personnes ont peur d'elles-mêmes, elles craignent de ne pas savoir comment m'aborder, comment se comporter. Au bout de quelques minutes, elles se rendent compte qu'il n'y a même pas à se poser le problème. Alors je ne vois pas pourquoi je tiendrais compte de ce facteur dans mes projets !

Gilles : Aujourd'hui, as-tu l'impression d'être épanouie ?

Mimie : Oui. Il me manque encore des choses, heureusement ! Le cinéma, par exemple. Le mot « manque » ne convient pas, il est trop fort. Disons que j'ai encore des envies. Et puis de jolies choses m'arrivent aussi. Un bel unitaire pour la télé. Peut-être une autre minisérie qu'on a très envie de développer avec mes producteurs actuels. D'autres propositions, qui me rassurent aussi, et qui prouvent que je ne me suis pas trop trompée de métier. Ce livre avec toi en est un bel exemple.

J'ai toujours de nombreux projets à la fois. J'ai envie de me remettre devant l'ordinateur et d'écrire quelque chose qui deviendra peut-être un film. J'ai encore plein de choses à explorer. Peut-être refaire de la radio. Depuis vingt ans, grâce à *Joséphine, ange gardien*, j'ai un confort de vie extraordinaire. Je n'ai pas à me demander, comme tous mes copains comédiens qui participent à un épisode ici ou là : « Qu'est-ce que je vais faire après ? De quoi demain sera-t-il fait ? » Mais *Joséphine* ne va peut-être pas durer jusqu'à mes cent ans ! Je suis remplie d'envies, d'idées. Comme toi qui as encore le souhait de faire du cinéma, de continuer à écrire pour les autres et pour toi. Nos vies reposent sur le désir de faire, et toi comme moi avons eu la chance de ne pas avoir tout eu tout cuit. Si on ne s'était pas pris en main, rien ne nous serait arrivé ! Je ne sais pas si je suis épanouie, mais j'essaie de l'être un peu plus chaque jour. Et toi ?

Gilles : En racontant des histoires, je me sens à ma place. Que ce soit modestement au cinéma ou en écrivant, j'aime l'idée d'embarquer les gens. J'espère que je pourrai toujours raconter, emmener, faire ressentir. C’est la façon que j’ai trouvée de me rendre utile et de nouer des liens. À travers quelles histoires ? Avec des livres, des films, des rencontres ? Je l’ignore, mais je suis certain que, tant que ça restera humain, cela m’ira.

EXEMPLE À SUIVRE… OU PAS !

Gilles : Aujourd'hui, quand quelqu'un de petite taille vient te demander ce qu'il peut faire pour améliorer sa vie, que lui réponds-tu ?

Mimie : Que la taille n'a rien à voir avec ce qu'il fera de son existence ! On ne change pas ce que l'on est. Par contre, on peut toujours changer ce que l'on en fait ! Je lui répondrais : « On se fiche de ta taille ou de ta couleur, oublie ça et sois toi-même. » C'est un peu la même chose avec ceux qui viennent me demander comment faire pour devenir célèbre. Ce n'est pas une fin en soi. On ne fait pas ce métier pour être connu mais pour vivre et échanger. Être reconnu n'est qu'une conséquence de l'affection du public, ce n'est pas un job ! À ceux qui m'interrogent, je conseille toujours de choisir ce qui leur plaît vraiment, même s'ils sont les seuls à y croire, et de prouver aux autres qu'ils auraient tort de passer à côté.

Je me souviens d'un jeune garçon de onze ans qui voulait à tout prix me rencontrer. Achondroplase comme moi, il est venu au spectacle avec ses parents.

Il avait un visage magnifique et un vrai regard. On a discuté un moment et je sentais bien qu'il était rempli d'envies, ce qui est à mon sens le meilleur moyen de bien démarrer sa vie. Je me suis quand même permis de faire remarquer à ses parents qu'ils lui faisaient porter des culottes courtes, ce qui ne l'aidait pas à avoir l'air plus grand... J'ai modestement osé leur dire qu'à mon avis, ils ne devaient pas l'habiller comme un enfant en bas âge. Je lui ai suggéré de s'habiller comme un mec, à sa façon, librement, parce qu'à son âge, il n'était plus un bébé. Les parents étaient tout émus et je crois que mes mots ont trouvé un écho en lui. J'ai essayé de lui dire qu'il devait foncer sur le chemin de sa vie.

Gilles : Tu penses que le fait d'être petit est plus difficile à vivre pour un homme que pour une femme ?

Mimie : Je sais qu'il existe des a priori qui se dressent comme des murs. Depuis que je suis en âge de comprendre ce que je suis, je me rends compte que l'on protège davantage une fille alors que, dans la même situation, l'homme se heurte à l'image culturelle de ce que doit être un homme. Il n'y a pas que les femmes qui affrontent des clichés ! Pour une petite femme, il y a le côté mignon, « poupée à protéger », mais on ne dit pas d'un homme petit qu'il est mignon. Dans l'inconscient collectif, un homme, c'est grand et fort... et une femme, c'est petit et fragile. Les stéréotypes ont la vie dure ! Les raccourcis sont souvent réducteurs et on pense plutôt qu'une femme a envie d'être protégée par un homme. Un homme sera beaucoup plus sujet de moquerie s'il est question de taille, de carrure ou de puissance. Benoist, mon mari, est grand. On se moque moins de lui et de moi tels que nous sommes que si nos tailles étaient inversées. Après, ça n'empêche pas les gens de se poser des questions : « Ce mec est taré de se taper une nana d'un mètre trente-deux ! » Il y en a pour penser que c'est forcément de la perversité. Il faut savoir que ces réactions désolantes et minables existent et peuvent tous nous atteindre. Même si moi, sans aucun jeu de mots, elles me passent au-dessus !

Gilles : Le rejet de la différence est souvent le moyen auquel recourent les esprits faibles pour se sentir exister. Si quelqu'un de petite taille venait te voir en te disant qu'il souhaite exercer le même métier que toi, quels conseils lui donnerais-tu ?

Mimie : Ce que je dis à tous les mômes qui viennent me voir, qu'ils soient grands, blancs, noirs, jaunes ou rouges : il faut d'abord qu'ils sachent parfaitement eux-mêmes ce qu'ils veulent. Sauf s'ils sont gaulés comme des dieux ou des déesses – et, de toute façon, cela ne dure qu'un temps –, il faut qu'ils écrivent ce qu'ils ont envie de jouer, qu'ils créent ce qu'ils veulent devenir. Ils doivent le faire parce que personne ne le fera pour eux.

Il y a bien sûr des émissions qui révèlent les talents, comme *The Voice* ou *La France a un incroyable talent*, à laquelle ils peuvent se présenter. Mais la partie ne sera pas gagnée, parce que s'en sortir n'est pas évident et qu'à part quelques exceptions, on n'entend généralement plus parler de ceux qui y participent, même s'ils gagnent. À quelqu'un qui vient me voir, je dis qu'il ne faut pas simplement vouloir faire ce métier pour suivre un exemple – et surtout pas le mien ! Ils doivent tenter l'aventure parce qu'ils ont un vrai truc à offrir.

Gilles : L'exemple ne peut renforcer que quelqu'un qui tient déjà debout par lui-même…

Mimie : Complètement. Quand on entend des mômes de banlieue dire : « Je veux gagner de la thune, ce que fait Jamel, moi je peux le faire… » Eh bien non, c'est faux ! Jamel a une vraie sincérité, une vraie profondeur. Il a bossé pendant des années avant de s'en sortir et il a un sacré talent. Tous les petits beurs de banlieue ne deviennent pas Jamel. Toutes les personnes de petite taille de France ne vont pas devenir Mimie Mathy ! Toutes celles et tous ceux qui pensent qu'écrire des romans comme les tiens est facile n'ont qu'à essayer ! Il faut avoir un vrai truc derrière. Et le talent fait partie de ce « truc ».

Gilles : À quel moment t'es-tu dit que tu l'avais vraiment, ce « truc » ? En étais-tu convaincue dès le départ ?

Mimie : Dès mes débuts, j'ai eu la chance que des gens croient en moi. À partir du moment où j'ai choisi ce métier, si Fugain m'a acceptée dans son Atelier, c'est qu'il était convaincu que je pouvais apporter quelque chose. Après, il y a eu ma rencontre avec Jean-Claude

Martin, le metteur en scène de café-théâtre qui m'a encouragée à faire mon propre spectacle en me promettant qu'il le produirait. À l'époque, ça coûtait trois francs six sous… et ça rapportait trois francs six sous, mais cela m'a permis d'exister.

La première fois que j'ai su que je ne m'étais pas trompée, c'était avec mon spectacle au Point-Virgule, *Elle voit des géants partout*. Mes parents étaient venus y assister et il y avait la queue jusqu'à la rue des Blancs-Manteaux. Jean-Claude Martin est allé chercher ma maman et a dit en lui montrant la file : « Regardez, tous ces gens sont là pour votre fille ! »

À partir du moment où le public se met à se déplacer et à payer pour te voir, tu te dis d'abord que c'est peut-être juste par curiosité. Et puis tu commences à y croire. Quand Philippe Bouvard est venu me chercher pour participer à son émission, *Le Théâtre de Bouvard*, je ne me suis jamais dit que je l'intéressais parce que j'étais un phénomène de foire. En fait, il avait lu une critique dans *Le Figaro* qui recommandait d'aller voir mon spectacle. Là, je me suis fait la réflexion que je n'étais plus toute seule. Il y a d'abord eu une première petite marche où les gens commençaient doucement à y croire, mais il me fallait faire mes preuves. Avec Bouvard, c'était une autre petite marche, un peu plus haute.

À ce sujet, Philippe Bouvard m'a confié une anecdote il n'y a pas très longtemps, qu'il a aussi racontée dans l'un de ses livres : quand il avait parlé de m'inviter à une heure de grande écoute, la direction de la chaîne de l'époque s'était montrée très critique : « Vous n'allez pas mettre une naine à l'écran ! » Ce genre de réaction a toujours existé. À l'époque des *Fugues à Fugain* les samedis après-midi sur TF1, on faisait des intermèdes entre des feuilletons comme *Les Mystères de l'Ouest*. Je me souviens d'une critique qui travaillait à *France-Soir* ou au *Figaro* ; son papier disait : « Comment peut-on montrer un gnome difforme à l'écran ? » C'est drôle, parce qu'aujourd'hui je suis très amie avec quelqu'un de sa famille… Mon père avait répondu à cette journaliste par une lettre bien sentie à sa manière, signée « Le père du gnome difforme ». Elle ne s'est pas excusée mais je l'ai recroisée depuis… Ce n'est pas moi qui suis la plus mal à l'aise !

CONSTRUIRE SUR UNE FAILLE

Gilles : Parmi tous les gens que tu as côtoyés, te souviens-tu de ceux qui t'ont parlé de ta différence ? Tes parents sont les premiers à l'avoir fait. Par la suite, à travers tes tournages, tes rencontres – Michel Fugain, les Enfoirés, le public – as-tu connu des rendez-vous décisifs, des moments de vie qui ont défini ce que tu es aujourd'hui ?

Mimie : Lorsque j'ai rejoint l'Atelier, Michel Fugain m'a parlé de ma taille en me disant de ne pas en jouer. « Tu es petite, d'accord, mais ne joue pas la petite. Assume-toi telle que tu es, sans en rajouter. » C'est la ligne de conduite que j'ai adoptée. Je garde aussi toujours à l'esprit cette réflexion que Fugain m'a adressée au départ : « Ne t'excuse pas de ce que tu es, fais avec et fais-en une force. »

Gilles : Sa remarque a-t-elle cristallisé quelque chose que tu sentais déjà, ou t'a-t-il donné une des clés de toi-même ?

Mimie : J'avais déjà cette philosophie de vie grâce à mes parents, mais je pense que cela m'a renforcée alors que je n'étais plus dans le cocon familial et amical, puisque je m'aventurais désormais dans le monde professionnel. Fugain m'a dit : « Tu ne peux pas être petite, tu ne peux pas être moyenne, tu dois être grande. Si tu joues la petite, tu le resteras pour toujours. À toi de cogiter ça. »

J'ai vécu beaucoup de choses par rapport à ma taille, pas toujours faciles. Après les premières télés, certains articles de presse ont été bêtement méchants. Mais il y a eu aussi de jolies choses, comme je te le disais plus haut, quand Philippe Bouvard m'a imposée dans son *Théâtre de Bouvard* malgré les commentaires de la chaîne. Il en plaisante aujourd'hui en souriant : « Les dirigeants de l'époque ne sont plus là, mais Mimie, elle, y est toujours ! » Moi, j'avais l'impression que ça se passait bien. Quand je dis que ce qu'il peut y avoir de négatif me passe au-dessus, c'est vraiment que ça me passe au-dessus ! Certaines personnes me critiquent simplement parce que je sais parfaitement ce que je suis et que j'assume la tête haute. Je suppose qu'ils préféreraient que je baisse la tête humblement et que je ne fasse pas une force de ma différence. Je plairais davantage à certains journaux bien-pensants si j'en voulais à la terre entière au lieu de clamer que ma vie est belle… Tu as vécu cela aussi à ta façon, je suppose ?

Gilles : Le livre est un média plus discret que la télévision ou la scène, mais il est scruté par une myriade de spécialistes qui jugent et décrètent. En France, la littérature est un pré carré étroitement surveillé par ceux qui n'écrivent rien mais qui sont spécialistes de tout et savent mieux que tout le monde. Cela n'empêche pas le public de trouver son bonheur, loin des conseils des « experts » qui n'existent que pour eux-mêmes et entre eux. Combien d'auteurs aujourd'hui unanimement salués se sont-ils fait descendre par les pères de ces mêmes juges ? Pour ma part, j'accueille chaque lectrice, chaque lecteur avec le même respect. Chacun est libre de son jugement. Mais pour le reste, je continue à faire ce que je crois. Mon parcours de vie a sans aucun doute forgé ma vision : j'ai la plus grande tendresse pour ceux qui tentent en toute sincérité. Par contre, ceux qui restent sur le bord et qui critiquent ne servent finalement pas à grand-chose… Il y en aura toujours pour commenter le fait que l'on est à leurs yeux trop grand, trop petit, trop étranger, trop populaire, trop naïf, trop entier, mais, au final, ils ne changent rien, ne construisent rien. Ce qui compte, ce n'est pas tant ce que l'on est que ce que l'on fait.

ET SI…

Gilles : T'est-il déjà arrivé d'essayer d'imaginer ta vie si tu avais été différente physiquement ? Si tu avais été Adriana Karembeu… ou Jamel ?

Mimie : Toi, tu te poses la question ? Moi, je ne pense pas me l'être jamais posée. Parfois, quand je vois une jolie paire de bottes, je me dis que j'aurais aimé avoir de grandes guibolles pour les porter ! Mais franchement, ça n'a jamais été plus loin que ce genre de détails. Et toi ?

Gilles : Peut-être que c'est mon côté romancier qui me pousse à me poser cette question. Je passe mon temps à imaginer des destins, alors, forcément, je finis par songer au mien. Je crois quand même que beaucoup de gens essaient parfois de se projeter dans une autre vie, de se dire : « Qu'est-ce que ça aurait donné si… ? » J'aime réfléchir sur ce thème. Une vie repose sur tellement de paramètres, de variables, de hasards ! Quand on en modifie ne serait-ce qu'un seul, tout peut changer. Si on avait fait d'autres rencontres, d'autres choix, si l'on s'était trouvé ailleurs... Qu'est-ce que cela aurait changé ? Il n'est pas forcément question d'envisager une vie complètement différente. Quelle vie aurais-je eue si j'avais grandi avec mes vrais parents, avec d'autres frères et sœurs, si j'avais grandi dans Paris – et non pas en banlieue –, en Allemagne, en Inde ou ailleurs ?

Mimie : Ce n'est pas une démarche intellectuelle que j'ai pratiquée, mais ça peut être rigolo...

Gilles : Il n'est pas question de fuir, de réécrire ou de regretter, c'est juste une curiosité intellectuelle. Cela permet aussi d'envisager ta réalité sous un autre angle, par comparaison. C'est assez rafraîchissant. C'est l'occasion de faire un constat sur ce qui est bien et ce qui peut être amélioré. Si demain, avec ton caractère, tu changeais de vie, de corps – c'est quasiment un thème de *Joséphine, ange gardien* –, que ferais-tu, avec le bagage que tu as ?

Mimie : Je ne suis pas sûre d'avoir envie d'imaginer une vie dans un autre corps. Par contre, j'imagine parfois l'anonymat.

Gilles : Cela signifie que ta célébrité constitue davantage une différence dans ta vie que ta taille ?

Mimie : Absolument. Être célèbre a des avantages. Par exemple, aujourd'hui, quand j'arrive dans un restaurant, même si je n'ai pas réservé, on parvient toujours à me trouver une table. Mais, alors que j'adore ça, j'évite de faire les grands magasins aux heures de pointe. Même si je fais toujours mes courses moi-même, j'y vais de bonne heure, à l'ouverture. Je me régale quand je suis à New York ou dans n'importe quel pays où les gens ne me connaissent pas : ils se retournent sur moi seulement parce que je suis différente physiquement. Ça me fait rire. Ça m'éclate. Ce que j'ai toujours fui et évité de connaître ici me plaît ailleurs. Sûrement parce que c'est ponctuel !

Le véritable avantage, c'est d'avoir réussi à me construire une vie confortable à tous les niveaux – même si ça m'ennuie parfois de ne pas pouvoir faire mes courses dans l'anonymat comme tout le monde, de ne pas pouvoir me promener comme tout le monde. À Paris, ça va encore, mais en province, sans prétention, c'est l'émeute. Il y a quelque temps, j'étais à Provins pour un tournage de *Joséphine* et je ne pouvais pas sortir incognito ! Le dernier jour, on a tourné sur la grand-place, et ils ont été obligés de mettre des barrières et quelques policiers pour la sécurité. Une équipe de tournage à Provins, c'est moins habituel qu'en plein Paris et ça devient l'attraction. Les gens étaient adorables et j'essayais d'aller les voir entre chaque prise et de faire des photos. Mais cinq cents personnes qui te regardent travailler, ce n'est pas terrible pour la concentration ! J'espère avoir laissé un bon souvenir de notre passage. Tous les copains de l'équipe avaient visité la vieille ville ; moi, je n'ai pas pu. Même avec un chapeau et des lunettes, je ne passe pas inaperçue ! C'est un petit revers à la médaille mais je ne me plains pas. À un moment, on m'avait proposé une émission *Vis ma vie*. Que je n'ai pas pu faire par manque de temps. Jean-Pierre Pernaut s'était retrouvé en poissonnier. Les gens rentraient dans son magasin et s'écriaient : « Oh, vous ressemblez vachement à Jean-Pierre Pernaut ! » Lui jouait le jeu. J'aurais adoré me glisser dans la peau de quelqu'un d'autre ! Je ne sais pas de qui, mais on trouvera si l'émission revient.

Et toi, quelle autre vie tu t'imaginerais ?

Gilles : Autant j'arrive à envisager beaucoup d'autres paramètres différents, autant je crois que ce serait toujours avec ma vraie nature. Que ce soit en bossant dans le cinéma ou dans les livres, je me suis souvent dit que le fait que ça marche était un miracle et que les miracles ne durent pas. Du coup, j'ai souvent songé à des reconversions ! Je me suis imaginé dans plein de métiers différents, dans plein d'utilités, mais ce que le public m'a appris est tellement fort en moi que je sais que partout, j'arriverai à nouer un vrai contact avec les gens et que j'aurai toujours envie de faire équipe avec ceux qui ont des projets ou des causes à défendre. De fait, imaginer une autre vie ne me fait plus peur. Quant à savoir ce que serait mon existence si je n'avais pas été abandonné, aujourd'hui, je m'en fiche un peu. Je n'ai jamais creusé mon passé, j'ai déjà trop à faire avec ce que j'en connais ! Mais je continue à pratiquer cette gymnastique d'imagination parce que je la trouve salutaire pour prendre du recul. Tu sais, avant d'oser te proposer ce projet de livre, je me suis demandé ce que pouvait être ta vie.

Mimie : Comme pour l'un de tes personnages, tu as essayé de te glisser à ma place ?

Gilles : Je fais souvent ça, avec beaucoup de gens. Essayer d'adopter ton point de vue, de concevoir tes réactions, ton approche.

Mimie : Et alors ?

Gilles : La réalité des êtres est si complexe que l'exercice donne toujours un résultat qui ne peut être qu'approximatif. Mais je crois que je t'avais comprise. Évidemment, à présent, avec tout ce que l'on s'est dit, ce que tu es apparaît bien plus dense et multiple que ce que j'avais envisagé. Mais c'est complètement cohérent avec ce que je devinais. Un peu comme un pays que tu ne connais pas mais dont tu as une image, que tu découvres en réalité dans toute son ampleur et sa variété, mais dont le parfum correspond à ce que tu pressentais intuitivement.

Mimie : Tu aimes approcher les gens.

Gilles : C'est une question ?

Mimie : Non, un constat.

Gilles : Tu as raison, je ne vis que pour ça.

LA VRAIE VIE EST DEHORS

Gilles : Aujourd'hui, tu sembles sereine dans ta vie. Les gens qui partagent ta différence ne connaissent pas forcément cette quiétude. Quel conseil leur donnerais-tu pour aller mieux ?

Mimie : C'est très difficile de donner des conseils sur des questions aussi intimes... Mais je leur dirais d'abord qu'il ne faut surtout pas vivre en ghetto et qu'ils doivent mener pleinement leur existence, sans a priori.

Ta question me fait penser à une histoire surprenante qui m'est arrivée. Je sais qu'il existe une femme dont la principale activité consiste à jouer mon sosie. Jean-Jacques Vannier, mon attaché de presse, s'était renseigné parce que j'avais été avertie d'une animation dans un magasin où les gens venaient voir mon sosie et se faire prendre en photo avec ! Le problème n'était pas d'ordre légal, mais il m'a quand même interpellée. J'ai du mal à comprendre que l'on puisse venir voir quelqu'un qui ressemble à quelqu'un mais n'est pas du tout ce quelqu'un... Je trouve ça bizarre. Moi, j'adore George Clooney, mais je n'en ai absolument rien à taper de faire une photo avec son sosie. Qui, entre nous soit dit, n'est souvent qu'une pâle copie peu ressemblante.

Il n'y a pas usurpation de la part de cette femme puisqu'elle s'est simplement donné pour fonction d'être mon sosie officiel – même si je n'ai jamais homologué aucun sosie officiel ! Une fois, à Aix-en-Provence, elle m'a attendue sur le parking par lequel on entre dans le théâtre. Elle était émue aux larmes, et tenait un bouquet de fleurs et une photo d'elle et moi – je l'avais déjà croisée. Ce fut un moment touchant et un peu surréaliste. Pour revenir à ta question, je lui ai dit qu'elle ne devait pas passer sa vie à être une copie de moi mais qu'elle devait être elle-même.

Certains viennent me voir après mes spectacles pour me dire : « Merci, tu m'as aidé à comprendre que je suis comme je suis. » Je leur conseille de vivre normalement, de s'ouvrir au monde, de s'y aventurer sans crainte. Se marier entre gens qui se ressemblent ne résout rien. Si c'est une histoire d'amour, c'est génial, mais si c'est la peur de ne pas être à la hauteur – c'est le moment de le dire ! –, alors c'est dommage. Le côté ghetto me déplaît. Plus on se met en ghetto, plus on est montré du doigt. On se retrouve avec le clan des homosexuels d'un côté, le clan des handicapés de l'autre… On est réduit à une étiquette.

Gilles : Certaines personnes qui se sentent à part ont du mal à passer le cap, alors elles se regroupent pour se rassurer. Ce sont parfois les premières à s'isoler du monde parce qu'elles ont peur d'être elles-mêmes. Il faut souvent un signe venu de l'extérieur pour que ces personnes-là commencent à vivre autrement que focalisées sur leur différence.

Mimie : C'est juste. Mais, quoi que l'on fasse, il y aura toujours des gens pour nous ramener à une étiquette. Ce qui m'intéresse, ce sont les individus, quels que soient leur physique, leur couleur de peau, leur croyance. Sur certaines choses, il faut vraiment se battre. Que les gens en fauteuil se mobilisent pour qu'il y ait enfin des trottoirs adaptés, oui. Mais après, se mettre en ghetto est le meilleur moyen de cloisonner, de séparer, de provoquer le rejet. Nous sommes tous humains, multiples, différents. Chacune de nos vies nous oblige à nous adapter à ce monde qui est rarement fait pour nos besoins particuliers. Chaque année, mille cinq cents personnes de petite taille se réunissent au Québec. Ils m'ont longtemps invitée mais je sais que je n'irai jamais, je ne me sens pas bien avec ce genre de rassemblement. Tant mieux si cela peut aider des gens mais, pour moi, cela ne fait rien avancer. Je suis sûre que beaucoup de personnes atteintes du même syndrome que moi ont passé le cap. Le fait qu'elles aient, comme moi, assumé, en a aidé beaucoup à y parvenir.

Gilles : Toi, aujourd'hui, dans ta différence, tu es au minimum une représentante, au mieux une icône. Tu es emblématique de ta différence. Si on demande aux gens de citer « une personne de petite taille célèbre » ou même « une personne de petite taille que vous connaissez », ton nom sort en première position. Puisque tu es légitime sur ce chapitre avec cette écoute du monde autour de toi, que penses-tu qu'il faudrait faire pour éviter de compliquer la vie de ceux qui sont comme toi, ou simplement de ceux qui sont différents ? Penses-tu que vous êtes défendus, qu'il y a besoin de vous défendre, de faire voler en éclats des clichés qui vous pèsent ?

Mimie : Il y a des causes indispensables à défendre et qui ne le sont pas suffisamment, comme des maladies orphelines, ou les gens en fauteuil roulant pour qui tout n'est pas fait, ne serait-ce qu'au plan de l'accès aux lieux publics, par exemple. Certaines choses ont été améliorées, mais c'est encore insuffisant. C'est un vrai combat à mener d'un point de vue pratique.

Je regarde tous les ans le téléthon. Lors de la dernière édition, il y avait cette toute jeune fille, en fauteuil roulant depuis dix ans, dont ses parents disent qu'elle est jolie comme un cœur, qu'elle a un petit amoureux – ça, ce sont de vraies causes qu'il faut aider. Mais quant à mettre en place des normes pour aider les gens de petite taille, je n'y crois pas. Je trouve que cela relève du combat personnel de chacun : on doit pouvoir se montrer suffisamment avenant et agréable, et les gens qui vous entourent peuvent vous apporter leur aide. Les vraies causes à défendre ne sont pas là. Je pense que les vraies causes, ce sont les gens qui ont réellement un handicap « handicapant », et que nous devons simplement leur faciliter la vie et faire en sorte qu'ils ne soient pas dépendants.

Gilles : Penses-tu que tu aurais le même discours si tu étais dans un fauteuil roulant ?

Mimie : Je sais, pour en avoir discuté avec certains, que les gens en fauteuil roulant ne demandent pas un regard de pitié, mais juste qu'on facilite leurs déplacements, qu'on les aide à passer une porte, qu'on fasse des trottoirs moins hauts, comme on en voit de plus en plus – mais pas encore assez. En France, on est en train de rattraper notre retard, mais il y a encore du boulot. Il faudrait que les pouvoirs publics se bougent un peu plus.

Gilles : Tes parents t'ont donné cet esprit de liberté et d'amour et une impulsion qui t'ont permis de développer une fabuleuse énergie. Ceux qui, à la naissance, n'ont ni ton énergie ni ton aptitude, n'ont-ils pas besoin d'être avec leurs semblables ?

Mimie : Je pense que certains se ghettoïsent par choix pour de multiples raisons. Certains parents sont venus me voir avec leurs enfants – différents comme eux – et sont très heureux dans leur couple comme dans la famille où tout le monde mesure un mètre trente. C'est aussi un choix qu'ils ont fait.

Gilles : Pour continuer en me faisant l'avocat du diable, ton attitude n'est-elle pas une façon de fuir ou de nier ta différence ?

Mimie : Nier, je ne sais pas. Fuir, je ne pense pas, parce que je me regarde dans la glace, je sais comment je suis, je n'évite pas les miroirs. Je n'ai pas envie de me faire remarquer pour ma taille mais pour ce que je suis humainement et dans mon travail. J'ai davantage envie qu'on regarde mes yeux, par exemple. Peut-être est-ce aussi ma manière à moi d'être forte. Je pense qu'il est plus facile, pour moi du moins, d'être au milieu de plein de gens qui sont différents les uns des autres. Je ne suis plus que moi-même au milieu d'un tout vivant et varié…

Gilles : C'est alors la nature humaine de chacun qui reprend le dessus et plus uniquement un critère d'apparence…

Mimie : Exactement. Il faut aller vers les gens pour ce qu'ils dégagent, pour ce qu'ils offrent. Plus on est différent, moins les critères superficiels ont d'importance. Je puise ma force dans le fait, non pas de m'accepter comme je suis, mais de me considérer comme normale, simplement différente – comme tout le monde. Tu te verrais, toi, intégrer un club de gens abandonnés à la naissance ou même en fonder un ? Ça existe peut-être, d'ailleurs. Ou bien un club de gens qui s'appellent Gilles et qui ont les cheveux courts grisonnants ?

Gilles : Bien sûr que non, mais parfois, lorsque je croise des gens, je reconnais en eux ce petit quelque chose, cette fêlure née du même chemin que celui qui a été le mien. Et parce que j'ai le bonheur de m'en être bien sorti grâce à mes parents et à la chance, j'estime avoir le devoir de les aider en leur confiant ce que j'ai appris. Là où je te rejoins, c'est sur le fait qu'il ne faut pas généraliser cette reconnaissance, il ne faut pas industrialiser ce processus de rencontre et d'échange, et encore moins en faire un commerce. Dans le fait d'être abandonné, comme dans celui d'adopter d'ailleurs, il y a quelque chose de non dit. Pour les adoptés, c'est parfois une charge, mais pour les adoptants, ce n'est pas facile non plus. Il faut apprendre à vivre avec. C'est le lot de toute différence, on porte tous une croix. Cela ne veut pas dire que l'on finira cloué dessus ! Mais pour parler de ce que je connais bien, le fait d'avoir été adopté est une différence invisible qui marque les gens dès que tu la révèles. « Enfant adopté » s'inscrit alors au-dessus de ta tête de façon indélébile, et cela compte énormément dans ton rapport au monde. Ça ne se voit pas, mais ça ne s'oublie pas. À partir du moment où tu as cette étiquette, la normalité se déplace, particulièrement quand tu es enfant. En tant qu'adulte, si tu es assez stable, c'est que tu as survécu et dépassé tout ça. Être un enfant adopté, c'est potentiellement un problème quand tu es encore jeune, mais une fois adulte, tout le monde s'en fout.

Au fur et à mesure que l'on s'éloigne de l'enfance, on ne vous demande plus si vous êtes un enfant naturel ou adopté. On oublie même trop souvent que nous avons tous été des enfants et qu'on le reste un peu ! Mais je me suis rendu compte que le fait d'avoir été adopté était un vrai problème pour énormément de gens. J'ai considéré que ceux qui étaient auprès de moi étaient ma chance et ma famille. Et cela m'a donné une liberté.

Aujourd'hui, c'est toute la perception de la parentalité qui s'est ouverte, modifiée. Avant, il y avait les parents et leurs enfants nés naturellement, ensuite sont apparus les divorces et les familles recomposées, puis les beaux-fils, les beaux-pères, les belles-mères, les demi-frères et demi-sœurs… Tout cela est entré dans la norme par la force des faits. Ça ne frappe pas comme une petite taille, ou un cancer qui te marque le visage. Il existe désormais tellement de façons de vivre ses liens avec ses proches que le monde finit par les intégrer à la normalité. Autrefois, comme dans ma famille tous les grands-parents fêtaient leurs noces d'or – quand il y avait un divorcé, tout le monde était au courant, c'était l'exception. Souvent, il était même pointé du doigt. Aujourd'hui, seulement une génération plus tard, ce sont les enfants qui ont encore leurs deux parents mariés qui font figure d'exception ! Et on se retrouve à poser des questions qu'on n'aurait jamais posées il y a encore trente ans. On en arrive à des conversations hallucinantes entre enfants – du genre : « C'est ton père ou ton beau-père ? » – que nous n'avons pas connues quand nous-mêmes étions petits.

Mimie : Les enfants nouvelle génération ont tous plus ou moins « cinq cent mille demi-frères et sœurs » !

Gilles : C'est sociétal. Alors que le fait d'adopter ou d'être adopté te propulse dans un monde de tabous, comme le fait d'abandonner un enfant ou de ne pas pouvoir en avoir… À la clé, il y a parfois des ruptures dramatiques, destructrices. Et pourtant, certains enfants naturels sont battus, violés, et comme ils ont leurs parents, ils ne vont pas en famille d'accueil. Quand tu creuses le sujet, tu tombes parfois sur des cas terrifiants ! Donc, honnêtement, pour mon pauvre petit cas, le problème n'est qu'intellectuel, il ne relève ni du physique ni de la santé. Cela peut le devenir, mais ce n'est pas comme quelqu'un en fauteuil roulant, ou qui a des problèmes de santé à la suite d'une maladie rare. Pour moi, la solution passe d'abord par la responsabilisation de ceux qui font des enfants. On fait des campagnes pour dire aux gens qu'il faut respecter les chiens et les chats qu'ils adoptent et ne pas les balancer avant de partir en vacances. Aucune campagne n'est faite pour sensibiliser ceux qui font le même genre de choses avec des gamins. « Soyez responsables de ceux à qui vous donnez la vie ! », « Assumez et respectez ceux que vous avez fabriqués et qui n'ont rien demandé ! », « Vos enfants n'ont pas à subir votre inconscience ou votre égoïsme ! », « Faites un effort, bordel, vous êtes les adultes ! »

On se retrouve parfois dans des situations ubuesques, scandaleuses, dont la seule solution est qu'entre gens de même condition, les plus chanceux tentent d'aider ceux qui le sont moins. Je suis d'accord avec toi sur le fait qu'il est inutile, voire contre-productif, de se grouper en ghettos, qu'on peut le vivre normalement. Des gens qui sont de taille très normale, ou même très valorisés physiquement, peuvent être malheureux parce qu'ils n'ont pas trouvé leur propre équilibre. Il n'y a pas de solution idéale parce qu'on est tous différents. Du coup, je pense que, de mon point de vue en ce qui concerne l'adoption, la seule bonne chose à faire est d'échanger, d'en parler de façon pragmatique.

Mimie : Il vaut toujours mieux parler des choses. Garder pour soi quelque chose qui ne va pas, c'est l'assurance de le voir pourrir. Je pense qu'on ne résout rien en se taisant. Mais peut-être vaut-il mieux quelquefois éviter de parler de ce qui fait très mal, agir comme si tout allait bien pour attendre le bon moment et être en situation de mener ces combats-là.

Gilles : Mais ça devient alors un choix, pas une règle. Et chacun décide à la mesure de ses moyens s'il en est capable ou pas.

VOIR CE QUE TU ES DANS CE QUE TU FAIS

Gilles : Penses-tu que ta différence physique apporte quelque chose à ton personnage le plus connu, Joséphine ? Au-delà de ton caractère, ton énergie et ton sourire, sa petite taille est-elle un atout ?

Mimie : En plus de quatre-vingts épisodes, j'ai tout entendu et je me suis posé de nombreuses questions. Je pense qu'il y a deux regards sur Joséphine, celui des enfants et celui des adultes. J'ai la chance d'être super bien filmée, avec de jolis cadrages, de belles images, et le public adulte qui apprécie cela est touché par les histoires. Les enfants en ont une perception particulière parce que, d'une certaine façon, ce personnage est proche d'eux physiquement. Comme eux, il est moins grand que les « adultes ». Pour eux, un adulte capable d'espièglerie, qui claque des doigts pour réaliser de petits tours, c'est évidemment attirant, mais le paradoxe qui associe une responsabilité et un engagement d'adulte à une enveloppe corporelle d'enfant est un mélange étonnant. Je pense que je mettrai du temps à m'en libérer pour les prochaines générations, mais l'enveloppe physique est sûrement importante par rapport au personnage. C'est un ange, donc, pour eux, elle est différente.

Une anecdote drôle me revient : une copine enseignait le catéchisme première année à de jeunes enfants et, le premier jour, pour tester un peu leur « culture » catholique, elle leur a demandé le prénom de celui qui, dans la Bible, est capable de faire des miracles, de transformer l'eau en vin… Bref, le classique des classiques. Eh bien, je suis désolée, mais plusieurs enfants ont immédiatement répondu : « Joséphine ! » Je présente mes plus plates excuses à Jésus !

Gilles : Qu'est-ce qu'être « bien filmée » signifie concrètement ?

Mimie : Ce ne sont que des détails, mais qui ont leur importance dans le ressenti des spectateurs. Par exemple, quand je marche de dos à côté de quelqu'un, la différence se voit, alors on évite. On ne va pas non plus me demander de courir, car ce n'est jamais très esthétique ; on va équilibrer les cadrages. L'équipe et mes producteurs prennent soin de moi en respectant ce que je suis. Je leur suis reconnaissante d'essayer de garder un côté « belle image ». Je ne fais pas semblant d'être grande mais ils font en sorte que je sois la plus jolie possible malgré ma différence et mes quelques kilos en trop. Ils me prennent comme je suis, mais m'offrent un beau paquet-cadeau.

Gilles : As-tu revu des épisodes du début ?

Mimie : Je les ai chez moi mais je n'en ai pas revu beaucoup. Je ne suis pas du genre à me complaire dans l'observation de moi-même. Toutes les actrices le disent : ce n'est jamais évident. J'en ai revu un l'autre jour car je suis archi-multi-rediffusée, et j'avais l'impression d'être une gamine. Je me préfère maintenant !

Gilles : Je te vois bouger, tu es quelqu'un qui occupe son espace. Il existe de nombreuses archives de toi. Y a-t-il, physiquement, quelque chose de changé dans ta façon d'évoluer dans l'espace, de te mouvoir ? Penses-tu avoir évolué au fil de ta carrière ?

Mimie : Oui, comme tout le monde. C'est drôle : j'ai eu l'occasion de revoir ma première interview ; je porte une chemise à carreaux bleus, mes cheveux sont mi-longs et châtains – ma couleur naturelle – et je suis tout le temps en position de défense, comme un boxeur avant de se prendre un coup. Mais tout ça avec le sourire. Ils ont ressorti cette première interview – sûrement faite au moment de l'Atelier de Fugain – pour un portrait de moi et je me suis trouvée touchante. Petite voix fluette, mais sûre de moi.

Peut-être ai-je changé ma façon d'appréhender le métier. Je ne suis plus du tout sur la défensive. J'avance avec des doutes, avec des milliards de questions, mais la tête haute. Si quelque chose a changé, c'est cela, et peut-être que cela influe sur mon comportement physique. Il faudrait demander au public qui, lui, voit tout !

Et toi, l'évolution de ta carrière a-t-elle changé quelque chose en toi ? On devine beaucoup l'homme que tu es à travers tes livres. Et quand on te découvre, on se rend compte que tu ressembles à ce que tu écris. Je l'ai vécu ! Cela a-t-il changé quelque chose pour toi ?

Gilles : À chaque rencontre avec le public, je découvre des gens que je ne connais pas mais qui, eux, me connaissent. Tu as raison, le public voit tout, et dans le cas des livres, il ressent tout. Je n'ai jamais eu peur d'être moi-même, que ce soit dans mes propos ou dans mes blagues stupides ! J'ai toujours énormément observé autour de moi. J'ai passé ma vie à collecter des informations en regardant les gens, en épiant leurs gestes, en traquant le sentiment derrière chacune de leurs actions. Je l'ai toujours fait avec bienveillance, avec une vraie tendresse. Ce qui a changé pour moi, c'est de pouvoir en parler avec eux, librement, simplement. Quand ils viennent me voir en dédicace ou lors d'une rencontre, ils me permettent de leur parler directement, sans les circonvolutions inutiles, pour aller à l'essentiel de ce qui nous touche tous. C'est un accès incroyable, une passerelle directe vers les humanités au-delà des masques. Je ne sais jamais de quoi on va parler, mais je sais que ce sera fort. Mes textes les font réagir et cet écho-là nourrit l'échange.

Il y a des moments très drôles, d'autres bouleversants, je me retrouve parfois associé à des choses heureuses ou dramatiques, sans aucun filtre. C'est puissant, très impliquant, parfois épuisant, mais l'authenticité de ces contacts n'a pas de prix. L'espace d'un instant, personne ne fait semblant, personne ne joue de rôle, les livres ne sont plus qu'un intermédiaire pour un partage d'humanité bien réel. Cela ne change pas ce que je suis, cela me pousse simplement à dire les choses plus vite, plus clairement, plus simplement, en étant conscient de ce que les autres vivent. Pouvoir ressentir autant est un privilège.

UNE DIFFÉRENCE POUR EN COMPRENDRE D'AUTRES

Gilles : Le fait d'être différente t'a-t-il ouverte à ce que peuvent vivre d'autres personnes ayant d'autres singularités ? Cela a-t-il renforcé ta compréhension du parcours de chacun ?

Mimie : Depuis ma plus tendre enfance, on m'a appris les différences. Pas seulement parce que je suis moi-même différente, mais parce que j'ai le bonheur d'appartenir à une famille ouverte d'esprit. Et j'ai eu la chance que l'on m'apprenne aussi à bien vivre avec ma propre différence. Alors c'est vrai que j'ai peut-être tendance à être plus attentive à ceux que je sens fragilisés ou menacés. Je suis la première à m'amuser de quelqu'un qui a un look volontairement original, excentrique, extravagant, parce que cela relève d'un choix et que, parfois, le résultat est assez drôle ! Mais je me souviens de m'être énervée parce que, lors d'un dîner au restaurant, des copains avaient commencé à vanner sur quelqu'un qui n'avait pas vraiment été gâté par la nature. C'est vrai que c'était difficile d'imaginer plus moche, sauf que cette personne n'y pouvait rien.

Il ne s'agissait pas d'un mauvais choix de sa part mais de ce qu'il était. J'ai entendu des rires qui ne m'ont pas plu et j'ai démarré en trombe. Tout le monde a compris que je ne plaisantais pas. Il y a une énorme différence entre rire d'une nature – ce qui est cruel – et rire d'une erreur de goût sans réelle conséquence – ce qui est bien humain !

On fait tous avec ce que l'on est. J'ai tendance à prendre les gens comme ils sont, avec bienveillance. Parce que j'ai l'impression d'avoir surmonté une fragilité, j'essaie d'employer ma petite force au profit de ceux qui n'ont pas encore fait le même chemin que moi. J'éprouve beaucoup d'empathie pour les gens qui ont un vrai problème de différence, quelle qu'elle soit. Avec eux, j'en parle simplement mais ouvertement. Je reçois souvent sur les tournages des enfants ou des ados malades, dont le rêve était de me rencontrer, et je pose les questions, franco. Il ne faut pas faire comme si les problèmes n'existaient pas. Il ne s'agit pas de les nier, juste de les intégrer comme des paramètres supplémentaires. Je demande d'abord : « Quel est le problème ? C'est quoi, ta maladie ? Que s'est-il passé ? » Souvent, les gens ont peur de parler, de dire, par crainte de gêner ou d'être gênés. Je suis désolée, mais moi j'en parle ! Le môme qui vient de passer un an à l'hôpital en chambre stérile, qui a reçu une greffe de moelle osseuse… C'est super important d'en parler et de dire : « Tu as un sacré courage de te battre comme ça, je suis contente de te connaître et on va passer une super journée ! » Et du coup, ça libère tout le monde. Quand je vois un petit dont les cheveux commencent à peine à repousser après une chimio, je préfère dédramatiser. En parler sainement sans s'appesantir, mais ne pas prétendre que ça n'existe pas.

Gilles : Je rebondis sur ce que tu disais : les gens avec qui tu étais au restaurant et qui se sont moqués de cette personne révèlent un moteur classique de la nature humaine. As-tu essayé de l'analyser ?

Mimie : Leur réaction après ma colère est tout aussi révélatrice d'un autre moteur de la nature humaine : quand on explique, quand on dit les choses, les gens peuvent changer leurs comportements. Mes copains ont tout de suite réalisé la stupidité de leur réaction. Je leur avais fait remarquer : « Si moi j'entrais dans un restaurant et que les gens me vannaient comme vous venez de le faire, vous seriez les premiers à aller leur claquer la tête pour les remettre à leur place. » Donc, stop, arrêtons ! Et je crois que je serai comme ça jusqu'au bout de ma vie.

Gilles : Tu n'as pas répondu sur le fait d'identifier ou pas ce moteur, qui correspond à transformer la peur de l'inconnu en une forme de rejet… Est-ce que tu ne veux pas y penser parce que c'est un gouffre où le pire de l'humanité nous attend, ou bien est-ce quelque chose que tu combats ?

Mimie : C'est quelque chose que l'on combat au quotidien parce que l'on finit toujours par tomber sur des individus stupides ou malveillants. Cela peut surgir n'importe où, n'importe quand, même chez des proches. Lorsque cela se produit, quand je vois ce mécanisme de dénigrement se mettre en route, je ne peux pas m'empêcher de réagir. Et là, on me balance parfois : « Mais pour qui vous vous prenez, juste parce que vous passez à la télé ? » La logique du mépris et de l'insulte est poussée jusqu'au bout. Au fond, ce n'est pas surprenant de la part de gens qui cherchent à exister en détruisant ce qu'ils ne comprennent pas. Ils ne me regardent pas, ni dans la vie ni à la télé. Ils ne regardent d'ailleurs personne d'autre qu'eux. Je ne les envie pas.

Gilles : On sent quelque chose de très idéaliste en toi. Cet idéalisme est-il le fruit des épreuves surmontées ou relève-t-il de ta nature ?

Mimie : Je n'ai pas la réponse, mais je crois qu'effectivement je suis idéaliste. Aussi bien pour moi que pour les autres. Autrement, je n'aurais certainement pas foncé dans ce métier comme je l'ai fait. Et je ne garderais pas un tel espoir pour notre espèce. Je suis convaincue qu'il faut beaucoup d'idéalisme pour faire avancer les choses. Il faut y croire. Que ce soit dans nos vies ou dans la vie. Aujourd'hui, les cyniques sont partout et rien ne bouge vraiment parce qu'ils bloquent tout. Qu'il s'agisse de catastrophes humanitaires ou du climat, deux enjeux majeurs selon moi, les mêmes s'approprient les promesses, ils s'approprient même nos solidarités, mais ce n'est qu'une autre façon pour eux de profiter.

Tu es un idéaliste aussi, cela se sent dans tes romans. Tu as foi en l'être humain. N'est-ce pas ?

Gilles : Je ne me définirais pas comme un idéaliste mais comme un optimiste révolté. On confisque les élans les plus purs, on les détourne, on les dilue, on les pollue. On prive les gens de leur action, on prive notre quotidien des leçons apprises par les générations qui nous ont précédés.

Après la Seconde Guerre mondiale, tout le monde a juré la main sur le cœur qu'il n'y aurait plus jamais d'Auschwitz, que plus jamais on ne permettrait ces drames humains scandaleux. Pourtant, des barbelés, des murs, des camps, des peuples que l'on tente d'éradiquer pour n'importe quelle raison, il y en a encore beaucoup, dans de nombreux pays. On le sait, on le voit tous les jours, c'est à la télé chaque soir, personne ne peut plus se planquer derrière le prétexte qu'il ne sait pas. Mais qui doit réagir ? Nous, simples individus ? Ou est-ce que ceux que l'on nomme et que l'on paie pour gérer les affaires qui nous dépassent devraient s'en charger ? Ma révolte est là : beaucoup ne font pas leur travail. Trop n'assument pas la tâche pour laquelle ils se sont généralement portés volontaires. Les pays parlent aux pays, sans double langage. Les individus doivent parler aux individus, sans double langage. Revenons aux basiques : on élève les gamins que l'on fait, on défend le pays que l'on prétend diriger et représenter, on finit son assiette par respect pour ceux qui n'ont rien. Le cancer de notre espèce, c'est l'irresponsabilité. Il est souvent criminel de se convaincre que quelqu'un fera à notre place ce que nous-mêmes ne faisons pas. Il n'est pas question de reprocher à un individu de ne pas aller sauver un pays étranger d'une tyrannie barbare, mais on peut blâmer ses manquements quotidiens. Tout commence là. Si la base n'est pas carrée, il n'y a aucune chance que cela s'arrange dans les étages supérieurs. Je suis d'accord avec toi, c'est un combat au quotidien, au porte-à-porte, et c'est à ce prix que nous deviendrons ceux que nous prétendons être dans un semblant de paix générale.

Mimie : Tu sais ce que répondront les cyniques à ton discours…

Gilles : Que je suis un boy-scout, un naïf, un moralisateur ? Je m'en fous ! Leur seul pouvoir consiste à commenter ce que d'autres font. En général, dès qu'ils ont un problème, ces braves gens sont bien contents d'appeler à l'aide ceux qu'ils insultent le reste du temps…

Mimie : Et toi, le fait d'avoir été abandonné t'a-t-il rendu plus perméable aux problèmes des autres ?

Gilles : Comme toi, je ne sais pas à quoi je le dois, mais je réagis à la douleur et à la détresse des gens. Je suis incapable de voir quelqu'un pleurer dans la rue sans m'en approcher. Peut-être à cause de mon histoire personnelle, peut-être parce que la vie m'a enseigné que le pire qui puisse nous arriver, c'est la solitude. Je suis particulièrement sensible à ce fléau. Cela ne se voit pas, les gens seuls ne sont pas forcément tout petits ou n'ont pas forcément été abandonnés à la naissance, ils ne sont pas obligatoirement d'une ethnie ou d'une culture particulière, mais ils souffrent. Quand on est même seulement deux, on peut guérir de tout. Notre meilleur médicament, c'est la rencontre. N'en sommes-nous pas les preuves vivantes, toi et moi ?

Tu as le pouvoir de serrer tes parents dans tes bras et j'attrape les yaourts que je veux sur les étagères du haut au supermarché. L'inverse est impossible. Je déteste ce mot, mais il est plus fort que nous et nos idéalismes. Pourtant, à nous deux, tout change. J'ai eu la chance d'embrasser tes parents et n'hésite pas à me dire si tu veux les mixés aux fruits qui sont hors d'atteinte ! Ce n'est pas grand-chose mais cela nous permet déjà de dépasser nos propres limites. Chacun peut mettre en place ce genre d'alliance pourvu qu'il se présente à celui qui est en face. C'est ce moteur-là, direct, naturel, instinctif, que l'on ne doit laisser personne nous confisquer pour en faire une bonne affaire.

TA DIFFÉRENCE CONTRE LA MIENNE

Gilles : Comment réagirais-tu si tu apprenais que tes parents ne sont pas tes parents, si tu te réveillais un matin dans ma situation ?

Mimie : Mon amour pour mes parents serait le même puisque ce sont eux qui m'ont élevée, mais je pense que je chercherais à rencontrer mes parents biologiques pour leur demander pourquoi ils m'ont abandonnée. Tu n'as jamais eu ce désir ?

Gilles : Si demain mes géniteurs venaient me dire : « C'est nous qui t'avons fait », je les écouterais, j'aurais pour eux la même bienveillance que vis-à-vis de n'importe quel individu. Mais ils ne font pas partie de ma vie et ne représentent rien pour moi. C'est terrible à dire mais ils ne me concernent pas.

Mimie : Tu n'aimerais pas savoir pourquoi tu as été abandonné ?

Gilles : Bonne question. La réponse ne me paraît pas évidente du tout. Est-ce que j'ai dépassé cette interrogation à un point tel que je me moque de la réponse ? À moins que je ne préfère tout ce que je peux imaginer au peu que je pourrais apprendre. Je crains fort que les raisons de mon abandon ne soient très simples, voire un peu sordides, en tout cas bien décevantes par rapport à ce que mon goût pour le romanesque exige de la vie et des destins. Je n'aime les histoires que dans trois cas : soit elles me distraient en me faisant tout oublier, soit elles m'apprennent quelque chose, soit je peux y participer. Je crois que découvrir le scénario de mon abandon ne remplira aucune de ces conditions !

Mimie : Tu as peut-être aussi un peu peur…

Gilles : C'est possible, mais alors, cela n'arrive pas jusqu'à ma conscience, pourtant plutôt accueillante ! Mais je crois que mon attitude peut aussi venir d'autre chose. Tu es bien plus connue que moi, tu vas comprendre de quoi je parle.

Dès que tu as un public et que tu es réputé être bienveillant, les gens viennent se confier à toi et te raconter. Des femmes, des hommes de tous âges partagent avec moi des choses extraordinaires, épouvantables, fabuleuses. Ils le font en étant vrais, sincères, confiants, et cela me touche profondément. Le point de vue qu'ils m'offrent sur leur existence m'apporte une expérience, une connaissance dont je n'ai pas eu à payer le prix. Ils portent le poids de leur vie comme je porte celui de la mienne, et nous échangeons. Exactement comme un médecin qui ne peut pas s'écrouler en larmes à chaque cas grave, j'ai appris à faire preuve d'une distance presque thérapeutique qui me permet d'aider et de répondre en étant plus efficace. On ne perd pas l'émotion des situations, mais on ne s'y arrête pas. Tu as raison quand tu dis qu'il faut avancer. Au début, moi qui suis tellement empathique, je m'investissais dans leur vie, je pleurais avec eux… et je rentrais épuisé, bouleversé, parfois très sombre à force de plonger dans ces réalités car les gens se déchargent rarement de leur bonheur. J'avais l'impression d'écoper la mer avec une petite cuillère et je sentais que le monde allait finir par me noyer. Tu es là sur la plage, avec ta cuillère, à essayer de repousser le flot en souriant à tout le monde ! Arrive un moment où tu es obligé de te protéger, de ne pas en faire ta propre histoire. J'ai beaucoup de croisades personnelles, il y a des choses qui me tiennent à cœur et dont je me sens responsable, mais je ne peux pas tout prendre sur mes épaules. En suis-je vraiment responsable ou pas ? Il y a des gens dont je me dis que je dois m'occuper car sinon personne ne le fera. Là, j'interviens. Mais, en l'occurrence, pour ceux qui m'ont fait, s'ils venaient me voir, je n'aurais plus le temps ! J'ai suffisamment à faire avec ceux qui viennent à moi et pour qui je veux être là au maximum.

Par contre, j'aimerais bien savoir si j'ai des frères et sœurs. Ce potentiel-là allume une fête foraine dans ma tête. Sans doute parce que je n'aurai jamais assez de frères et sœurs dans ma vie ! Je suis affamé de fraternité ! Pour moi, il existe une notion de famille liée à un attachement. J'aime énormément fonctionner en équipe. Je me débrouille très bien tout seul, mais je trouve que rien n'est plus beau que de partager et d'accomplir avec des gens qui te sont proches. Ce serait ça, le moteur, pour moi…

Je me suis posé la question – et ça m'a tourné dans la tête pendant trois jours – de savoir ce que serait ma vie si je mesurais un mètre trente-deux. Toi, tu peux réfléchir à ce que ça te ferait d'être fille adoptive. Mais, en fait, la permutation est impossible – prendre chacun la place de l'autre, intellectuellement, émotionnellement, avec tout son vécu, n'est intrinsèquement pas possible. Je ne peux pas intégrer ta situation. La seule chose qui soit à ma portée – et c'est un miracle dont ce livre est un exemple –, c'est d'en parler avec toi. Je peux échanger. C'est la quintessence de notre sentiment. Parce qu'on n'échange pas notre expérience proprement dite. Tu ne peux pas comprendre le chemin que j'ai fait et moi je ne peux ni comprendre ni ressentir le tien. C'est justement pour cela que cet ouvrage est intéressant : on ne peut échanger ni nos peurs ni nos différences. En revanche, on peut se dire ce que nous avons appris. Il est possible d'en parler et de trouver des chemins au-delà de la définition même de la différence pour mettre au jour le mécanisme, le regard que cela déclenche. Ce n'est pas tant la différence qui compte que la façon de la vivre. Ce qui en fait une faiblesse, une force ou un élément neutre, c'est le regard que tu portes sur le mécanisme que ton décalage déclenche chez les autres. Dans mes romans, j'arrive à me glisser dans la peau de personnages que je ne suis pas du tout. Plus âgés que moi, d'un autre sexe, dans d'autres lieux… C'est vraiment quelque chose que j'aime faire. Mais quand ça devient si intime, si particulier, c'est impossible. Parce que, pour comprendre l'autre, il faut échanger avec lui et disposer d'une masse d'informations infinie dans laquelle piocher. Toi, tu détectes immédiatement les gens qui te ressemblent quand ils viennent te voir, parmi le public, dans tes spectacles ou dans la vie. Mais moi, je ne les vois pas venir.

Les gens hésitent à vraiment parler de leur propre abandon, même à quelqu'un en qui ils peuvent avoir confiance. Par contre, ils se font une idée de l'adoption, et entendre quelqu'un qui en a une expérience leur dire que cela peut très bien se passer, bien se vivre, les décoince et les aide à se décider.

Toi, qu'as-tu entendu qui t'a marquée, outrée, emballée, séduite dans l'idée que les gens se faisaient de ta condition ?

Mimie : On parle bien sûr de ma taille. Je ne sais plus si je t'ai raconté la genèse d'*Une nounou pas comme les autres*, un projet que j'ai initié. Une boîte de production m'avait fait passer le message que France 2 recherchait une idée de téléfilm avec quelqu'un comme moi et me demandait si j'en avais une à proposer. En deux jours, j'ai posé les bases du scénario d'*Une nounou pas comme les autres*, un mélange de *Mary Poppins* et de *La Mélodie du bonheur*, sans la musique et à la française. Je le leur envoie et, au bout de quinze jours, ils me répondent que ce n'est pas du tout ce que recherche la chaîne. Ils veulent une histoire sur la « vraie vie » de quelqu'un comme moi qui partage un appartement avec des copines, avec les situations et les engueulades qui en découlent forcément… Je réplique que, moi qui mesure un mètre trente-deux, ce n'est pas du tout à ça que ressemble ma « vraie vie ». Ils m'ont demandé d'écrire quelque chose de réaliste par rapport à ma vie quotidienne, et c'est ce que j'ai fait. Le fait de ranger les casseroles trop haut ou trop bas n'a jamais déclenché de guerre avec mes colocataires ! Ils ont fini par me faire comprendre que France 2 trouvait que ça n'illustrait pas assez le « rejet fort » par rapport à ma différence. Je n'étais pas du tout la bonne personne pour ça !

Je laisse donc tomber. Au cours d'un dîner amical, j'en parle à Jean-Pierre Cassel que j'avais la chance de bien connaître et qui était justement en train de tourner pour cette chaîne. Il s'étonne de ce refus du projet, car il le trouve aussi excitant qu'inédit. Il en parle à Didier Decoin, alors responsable de la fiction, qui avoue n'avoir jamais eu le projet en main ! Mon agent et ami, Gilles Merlé, le contacte immédiatement. On le rencontre, je lui raconte : c'est exactement ce qu'il cherchait. En une semaine, ça a été signé ! Chaque fois que je croise la productrice qui m'avait signifié le refus, elle me dit en riant : « Je sais que j'ai fait la connerie de ma vie ! N'en rajoutez pas, Mimie ! »

Gilles : À titre plus privé, dans ton quotidien, des gens t'ont-ils parlé de l'idée qu'ils se faisaient de toi ? As-tu subi un regard préconçu sur ce que peut être ta situation par des gens qui ne la vivent pas ?

Mimie : Plusieurs fois, et j'ai vécu l'un des exemples les plus emblématiques avec une journaliste d'un journal « tendance intello » qui « daignait » me consacrer six pages et la couverture. Cette journaliste, que j'aime beaucoup, ne voulait pas croire que je n'avais pas souffert pendant mon enfance. Elle ne croyait pas non plus que je me mettais en maillot de bain sans problème sur une plage parce qu'elle-même a du mal à le faire alors qu'elle est normalement constituée.

Gilles : L'idée, là encore, c'était d'aller chercher le malaise ?

Mimie : Non, mais elle a eu beaucoup de mal à comprendre que je n'avais pas souffert plus que ça. Elle m'a même rappelée plusieurs fois en insistant : « Je suis en train de rédiger le papier, mais il y a forcément quelque chose que vous avez mal vécu… » Je lui ai dit que j'avais pleuré comme tout le monde, que j'aurais voulu embrasser des garçons plus tôt, mais rien de plus. Si j'avais triché, si je n'étais pas telle que je semble être, si je jouais un rôle ailleurs que sur les plateaux ou sur les scènes, je n'aurais pas pu tenir aussi longtemps. Ce désir de se voir confirmer que quelque chose a forcément été mal vécu provient davantage d'un malaise de la personne elle-même. Quelqu'un qui est mal dans sa vie calque sa façon de voir sur les autres.

Au sujet de ton idée de se projeter dans une autre vie, par rapport aux différences, je pense à ma maman : il y a trois ans, elle a perdu la vue. Je ne peux m'empêcher de me dire : « Et si cela m'arrive ? » J'essaie de m'imaginer dans cette situation et je me dis en mon for intérieur que rien de pire ne pourrait m'arriver, alors que, extérieurement, je m'efforce de réconforter maman en lui disant : « Ne t'en fais pas, on est là. » Si je perdais la vue, je ne pourrais plus lire, plus écrire, plus travailler de la même façon. C'est un des accidents de la vie qui me font le plus peur. Bien sûr, maman avait quatre-vingt-trois ans quand ça lui est arrivé, mais je trouve ça terrible.

QUOTA D'EMMERDES

Mimie : Je te confiais plus haut que l'idée de perdre la vue est ce qui m'effraie le plus. Mais je me dis que, vu ce que je suis depuis ma naissance, j'ai déjà eu plus que ma part de soucis, ce qui devrait m'épargner d'autres gros trucs !

Gilles : Tu raisonnes vraiment comme ça ? C'est une forme de superstition !

Mimie : Cela s'appelle de l'« auto-optimisme ». D'une certaine façon, je me dis que j'ai payé depuis ma venue au monde et que ma barque est plutôt chargée. Admettons que chaque individu soit représenté par un carré divisé en cases : la case beauté, la case emmerdements, la case amour, la case bonheur, etc. Moi, j'ai rempli la case emmerdements dès ma naissance, donc j'en laisse un peu aux autres ! J'ai eu mon quota de problèmes.

Gilles : Tu envisagerais la vie comme un gâteau global avec plusieurs parfums dont chacun aurait sa part ?

Mimie : C'est un peu ça, parfum fraise, parfum moisi, parfum poison ou passion. Il faut qu'il y en ait pour tout le monde !

Gilles : Pour toi, chaque individu porterait donc une espèce de quota de chance et d'emmerdes ? Un compte personnel ?

Mimie : Je n'ai aucune certitude, mais l'idée m'interpelle. Je crois que certains égoïstes arrivent à traverser l'existence sans se soucier de ce que vivent les autres, mais moi, je suis incapable de vivre sans regarder autour de moi, tout comme toi. Toi, ton choc fondateur, c'est d'avoir été retrouvé bébé devant un dispensaire. Le mien, c'est ma petite taille. On a été gâtés d'emblée ! Pourtant, j'ai l'impression que l'on va bien malgré ça. Mais je me trompe peut-être. On peut se dire qu'on a eu notre quota de soucis, mais rien qu'en parlant, je m'aperçois qu'en fait, certains subissent bien plus que d'autres et ont tous les ennuis possibles. Ils ont des vies abominables marquées par le destin.

Gilles : Je ne crois pas que l'on puisse quantifier les emmerdes ou les hiérarchiser ; par contre, on peut mesurer ou constater l'aptitude de chacun à s'en sortir. Si on continue, si on est toujours debout, si on avance encore, c'est qu'on a réussi à se relever ! Un problème dont on triomphe était forcément à notre taille. Ce ne sont pas les épreuves qu'il faut évaluer, mais notre faculté à les dépasser.

Mimie : C'est cohérent. Finalement, je m'en sors peut-être super bien avec mon mètre trente-deux, et cela invalide ma théorie du quota pour chacun. Mon Dieu ! Ça veut dire que je vais encore m'en reprendre sur la tronche !

Gilles : Comme le dit mon amie Brigitte, le pire n'est jamais décevant… J'allais justement te demander si, selon ta logique, tu avais rencontré des gens dont tu t'es dit qu'ils en avaient pris suffisamment dans la figure pour toute une vie, mais qui continuaient à en prendre encore et encore…

Mimie : Régulièrement. En même temps, je garde cette espèce de philosophie. Dans ma famille, les frères et sœurs de papa et maman ont tous eu leur lot de problèmes. Et moi, jusqu'à présent, hormis ma taille, rien ! Je touche du bois. Il se trouve que maman a ce pépin de santé aux yeux mais elle ne l'a eu qu'à quatre-vingt-trois ans. Elle aurait pu l'avoir à quarante ans, ce qui aurait complètement changé la donne. Je me dis donc qu'il doit y avoir une petite étoile au-dessus de la famille Mathy/Marcel. Bien sûr, cette famille a eu une fille achondroplase, et un de mes oncles est mort d'un cancer, un autre en souffre aujourd'hui, il y en a qui ont perdu leur fils à dix-huit ans, un de mes cousins proches est mort à cinquante-sept ans… C'est le lot de toutes les familles. Mais si je prends un peu de recul, moi, ça va. La petite bulle familiale des trois sœurs et des parents n'avance pas trop mal. Peut-être est-ce grâce à moi, parce que je suis arrivée ! J'ai cristallisé les emmerdes qu'on a tous. C'est très con comme raisonnement, non ? *(rires)*

FACE AUX FÂCHEUX

Mimie : Une question qui concerne tout le monde… Qu'est-ce qui te donne la force de résister à la méchanceté gratuite ?

Gilles : Je ne reste pas toujours de marbre, parfois ma riposte est sévère ! De temps en temps, immanquablement, tu tombes sur des individus dont le mode de fonctionnement consiste à griffer. Et une différence constitue toujours un bon angle d'attaque pour ceux qui marchent selon cette logique. Tout ce qui dépasse de la muraille constitue forcément une excellente prise pour escalader les remparts et se sentir plus grand… Certains peuvent être raisonnés, mais beaucoup sont perdus pour la cause ! On ne peut que les combattre.

Je sais que dans ma façon personnelle de considérer la différence et de réagir aux attaques, il y a l'influence fondamentale de mes voisins, M. et Mme Brisson. Georges était un bel homme qui a contracté la polio alors qu'il était déjà adulte et père de trois filles. Un séisme dans la vie de cette famille. Quand je l'ai connu, il était paralysé depuis déjà dix ou quinze ans. J'ai grandi auprès de cet homme qui avait vécu autre chose, qui s'est vu debout, qui dansait, montait à l'échelle pour réparer sa toiture, et qui à présent était contraint de vivre en fauteuil roulant. J'ai passé beaucoup de temps avec lui, c'est lui qui m'a donné des cours de maths. Nous parlions d'énormément de sujets. Je n'ai jamais senti de colère en lui. Il portait des révoltes, mais pas pour lui-même. Sa femme, Janine, est encore pour moi un modèle absolu d'humanité. Je ne l'ai jamais entendue dire du mal de qui que ce soit. Tous deux m'ont appris que l'on peut avoir un avis, des convictions, les défendre avec constance mais sans violence, sans conflit. Elle a toujours soutenu son mari ; ensemble, ils ont adapté leur vie à cette donne compliquée dans une époque où peu de choses étaient faites pour les handicapés.

Comme toi, M. Brisson a décidé de vivre au maximum, avec une espèce de sagesse qui a dû lui coûter cher, parce qu'il y a eu un avant et un après. Faire des trottoirs adaptés aux handicapés est sans doute une bonne chose, mais je regrette que l'entraide ne soit plus aussi forte aujourd'hui qu'hier. Nous manquons de gens éduqués et psychologiquement prêts à aider ceux qui en ont besoin. À l'époque, les trottoirs n'étaient pas adaptés, mais dès qu'il arrivait devant un obstacle, il y avait forcément trois ou quatre personnes qui prenaient le fauteuil et le déposaient là où il voulait. Ce réflexe-là vaut beaucoup plus que tous ces équipements ! C'est à ça que je crois. Il faut des gens pour compenser les manques, il faut des gens pour protéger ceux que l'on agresse. Bouger les bras sans baisser la tête. Je sais que ta mère ne voit pas, alors toi et les tiens, vous la guidez. L'aide n'est pas une fonction sociale ou commerciale, elle est d'abord une fonction affective. On tient la main de celui qui ne peut pas marcher seul. J'ai grandi avec M. Brisson qui, au-delà de mon empathie innée, m'a rendu encore plus sensible à cela. Georges et Janine sont pour moi une source quotidienne d'inspiration.

Aujourd'hui, les gens différents ne me posent aucun problème ; toi, Mimie, tu en fais partie, je t'ai intégrée à mon panel de vie. Les gens agressifs sont aussi porteurs d'une différence, ils sont malheureux ou carrément néfastes, mais eux aussi ont besoin d'aide, que ce soit une main tendue ou une bonne baffe ! M. Brisson est maintenant décédé, et je pense tous les jours à lui. Je me rends compte que la seule valeur qui dépasse toutes nos matérialités, c'est l'émotion. Chaque individu, quel qu'il soit, est l'égal des autres lorsqu'il rêve ou lorsqu'il est devant quelque chose qui le touche, une toile, une musique, un livre, un film ou même un coucher de soleil. Même si tout le monde ne réagit pas aux mêmes choses, les gens ont la même prédisposition à l'art, quelles que soient leurs fonctions motrices, intellectuelles ou vitales. C'est extraordinaire. Quand tu commences à raisonner ainsi, plus rien n'a de prise sur toi parce que tu te connectes directement à ce que chacun cherche : aimer, échanger, se battre pour ce en quoi l'on croit.

Au moment où je suis sorti de l'anonymat, j'étais déjà bien dans ma peau et structuré. Je n'ai donc pas vécu de remise en cause. Je n'ai pas attendu le regard des autres pour savoir qui j'étais et comment je fonctionnais.

Mimie : Mais tu croises forcément des gens mauvais sur ta route. Et c'est vrai pour tout le monde, différence ou pas. Il m'est arrivé de me faire attaquer, de façon très moche.

Gilles : La plus grande des puissances dont tu puisses faire preuve, c'est de n'en avoir rien à faire. Je sais que ce n'est pas toujours évident, je mesure moi-même les limites de cette sagesse idéale chaque jour ! Mais le fait est qu'il ne faut jamais descendre au niveau de ceux qui veulent t'écraser. J'entends déjà les crétins railler cette phrase. Ils la comprendront quand ils auront un genou à terre. Le venin ne marche que sur ceux qui y sont sensibles. Si tu perds ton temps à apporter du crédit à chaque abruti qui balance un avis sur le Net en se cachant derrière cet anonymat qui permet à n'importe quel crétin de vomir sur tout, tu ne t'en sors pas ! Il ne faut pas perdre une seconde avec ça. Il y a ce que tu dois faire, ce dont tu as envie, et le reste…

Mimie : Mais parfois, la vie nous place face à des gens dont le but ou le mode de vie est de faire mal…

Gilles : Toi, Mimie, tu es une cible facile. Ton succès, ta nature positive, ta constance… Ce que tu es est la seule ligne à tenir. L'erreur est de donner à ces gens de l'importance, ils n'en valent pas la peine. Parce qu'en plus, garde à l'esprit que lorsque ce genre d'individus ont un tel comportement, tous ceux qui t'aiment leur en veulent à mort. Ils se fabriquent énormément d'ennemis en générant quelque chose de négatif à propos de quelqu'un qui ne le mérite pas. Honnêtement – et l'image est réjouissante –, ils tapent sur ce qui dépasse. Tu es trop grande pour eux ! Dans leur culture, tu émerges, et tout ce qui émerge les remet en cause dans leur ego, les gêne, et ils le dézinguent. Ils s'attaquent à tout, une chanson, un dessin, n'importe quoi : ces gens ont besoin de taper pour exister.

DIEU, LES CARTES ET L'AMOUR

Gilles : Puis-je te poser une question très personnelle ?

Mimie : Au point où on en est ! On est quand même dans le très personnel depuis le début…

Gilles : Alors continuons ! Crois-tu en Dieu ? La spiritualité est-elle importante pour toi ?

Mimie : Je crois en quelque chose qui nous dépasse, mais j'ai du mal à dire : « Notre Père qui es aux cieux, que ta volonté soit faite sur la terre comme au ciel… » Je suis convaincue qu'il existe une force au-dessus de nous. J'ignore ce qu'elle est, je ne sais pas s'il y a une vie après celle-ci – j'aimerais bien y croire parce qu'on aurait moins peur de partir ou de voir partir ceux qu'on aime. Je ne sais pas si j'appelle ça Dieu parce qu'on a commis trop de choses horribles en son nom. J'aime bien entrer dans une église, mais j'ai du mal à me conformer aux rites, quels qu'ils soient. Je me sens autant à l'aise dans une église que dans une synagogue, une mosquée ou un temple.

Au fond, je me demande si je ne crois pas davantage aux anges gardiens. On a plusieurs sortes d'anges gardiens, dont les gens qu'on rencontre. Des gens qui se trouvent sur terre avec toi, pas des espèces de lueurs qui sont là-haut et qui font que la brique tombera quand tu es passé plutôt que quand tu passes !

Mes vrais anges gardiens, ce sont mes parents, les gens qui m'ont aidée à suivre mon chemin sans tomber dans tous les trous. Comme le sont pour toi les gens qui t'ont élevé sans être tes parents biologiques. Ils t'ont donné cet élan dans la vie depuis l'enfance, t'ont permis de faire ce que tu voulais quand tu avais quatorze ans, même s'ils étaient morts de trouille quand tu t'es lancé dans ton aventure de cinéma. Je pense que les vrais anges gardiens, ce sont les gens qui nous aident à construire notre base. Quant au chemin tracé, je ne sais pas s'il y a quelqu'un là-haut qui nous dit : « Non, ne va pas par là ! »

Gilles : Penses-tu que le fait d'incarner un ange gardien depuis vingt ans soit à l'origine de cette croyance, ou est-ce quelque chose que tu as en toi viscéralement et qui t'a peut-être même poussée à avoir envie d'en incarner un ?

Mimie : Cela ne vient pas de moi puisque l'on est venu me proposer ce personnage. Mais je crois en quelque chose de très fort là-haut.

Gilles : Et tu as l'impression que cet être qui serait au-dessus de nous distribue des cartes lorsque nous naissons ?

Mimie : Je ne sais pas. Dans un de mes livres pour enfants, j'avais écrit : « La vie est une grande page blanche. À nous de la dessiner. »

Gilles : Est-ce que tu crois à ce Dieu omniscient et omnipotent ? J'aime bien l'image d'une partie de cartes que serait la vie. À la naissance ou au hasard des jours, on tire parfois un as de cœur ou un deux de pique. Crois-tu que le jeu soit finalement équilibré ?

Mimie : Équilibré sans doute, mais je crois aussi que certains n'ont que des deux de pique et sont très heureux comme ça. Là, je vais encore rebondir sur ce que tu dis. Cette vie que l'on a toi et moi, cette vie « extraordinaire » qui nous permet de faire ce que l'on aime, c'est une chance mais c'est aussi du travail, et je ne perds jamais cela de vue. Savoir être heureux dans sa vie, quelle qu'elle soit, est une vraie sagesse. Heureusement que tout le monde n'a pas cette envie d'avoir les mêmes cartes…

Gilles : Les cartes que tu reçois en début de partie, c'est une chose, mais la façon dont tu les joues, c'en est une autre…

Mimie : On est d'accord. Ces cartes que tu as dans les mains, soit tu fais avec, soit elles ne te plaisent pas et tu fais tout pour les changer, pour les faire évoluer.

Gilles : Mais comment ? Toi, tu mesures un mètre trente-deux, que peux-tu y changer ? Moi, j'ai été adopté, que puis-je y changer ?

Mimie : Tu ne changes pas la donne, mais tu peux en faire une force. Parfois, une petite carte peut te faire gagner, alors qu'un as peut te coûter cher.

Gilles : Cela ne relève pas de la décision, mais de ta nature. Lorsque la petite Michèle Mathy de cinq ans commence à vivre, elle n'a pas le recul nécessaire pour se dire : « Je vais transformer mes faiblesses en force. » Elle se bat, elle existe, elle résiste, elle avance, à l'instinct. C'est ta nature qui s'exprime. Ensuite, la Mimie qui a un peu plus de cinq ans arrive à prendre du recul, mais, au moment où tu joues la partie, tu n'en connais pas toutes les règles. Aujourd'hui, tu as l'expérience nécessaire pour dire : « J'ai réussi à dépasser cela et à en faire une force », mais, au moment où tu vas défier ces femmes qui te regardent dans la boutique pour leur demander si elles ont bien tout vu et que tu sors, tu es toi-même. Tu joues ta partie, sans pour autant changer les cartes. La seule chose que tu puisses faire, c'est exprimer ta nature dans le jeu, et cela peut donner ou des coups gagnants ou des perdants. Après, certains, même quand ils ont l'âge d'avoir compris les règles de la partie, continuent à jouer comme des amateurs et se prennent des retours de manivelle parce qu'ils n'apprennent pas. Toi, tu joues d'abord avec ta nature, puis, par la suite, tu acquiers une stratégie de jeu. Tu avances certaines cartes plutôt que d'autres.

Moi, mon adoption est une carte dont je dispose et que, comme toi, je n'ai jamais jouée. Elle est dans mon jeu mais je ne l'instrumentalise pas dans la partie. Je la fais voir uniquement à ceux que cela peut aider de savoir que l'on peut jouer en l'ayant. Je montre mon jeu à ceux qui vivent mal, pour qu'ils puissent se dire que ce n'est pas forcément un drame social d'avoir été abandonné. Je désamorce en pratiquant l'humour, parfois noir, sur moi-même d'abord. Je plaisante en disant : « Je ne connais pas ma première maman et la deuxième est morte… » On sourit et ça libère tout le monde. Je trouve ça absolument génial parce que ça ne change rien à l'affect, surtout pour ma maman décédée – l'autre ne compte pas vraiment. Quand toi-même, tu transgresses, tu tournes en dérision tes propres fêlures, il se produit quelque chose de libérateur chez les autres. J'adore être le premier à me tirer une balle dans le pied.

Mimie : Je suis la première à dire aux gens qui s'accroupissent devant moi pour me parler : « Ça ne vous dérange pas de vous relever ? Parce que j'ai horreur de regarder en bas ! »

Gilles : Pour revenir à notre histoire de cartes à jouer, il y a des gens qui ont une caractéristique de départ, bonne ou pas, qui naissent avec beaucoup d'argent, ou viennent au monde petits, ou sourds, et en font quelque chose. Et certains qui, à force de mal jouer la partie, réunissent tous les éléments contre eux. Il y a ce dont tu es le dépositaire et ce dont tu es « responsable ».

Mimie : L'entourage joue aussi. Si tu n'y vois pas, il faut t'entourer de gens qui y voient mieux que toi. C'est pour ça que, sûrement involontairement, j'ai souvent craqué pour des mecs grands !

Gilles : Quand as-tu pris conscience de cela ?

Mimie : Très vite, dès le premier, qui mesurait un mètre quatre-vingt-deux ! Y aurait-il là-dessous quelque chose qui intéresserait les psys ?

Gilles : Je dois dire que je me méfie des psys.

Mimie : Moi aussi ! J'en ai vu une à la suite d'une rupture amoureuse douloureuse qui m'avait bien déglinguée. On m'avait dit qu'il était plus facile de raconter ses problèmes à quelqu'un que l'on ne connaît pas. Je prends donc rendez-vous, je déroule mon histoire, mais en même temps que je lui parlais de ce mec qui me faisait souffrir – c'était une simple dépression sentimentale, rien de plus grave – je me faisais la réflexion que cette femme ne le connaissait pas, qu'elle s'en foutait, que je perdais mon temps à lui déballer ma vie ! Alors que je pleurais devant cette psy, je m'observais et j'avais envie d'éclater de rire. Elle m'a écoutée et, à la fin, m'a conseillé de prendre du Prozac et du Lexomil. J'ai payé, je lui ai dit au revoir – sachant que c'était un adieu – et je n'ai jamais renouvelé l'expérience ! J'ai pris mon téléphone et rappelé mes amies, qui m'ont dit les mots que j'avais envie d'entendre : « C'est un gros abruti qui ne te mérite pas, tourne la page ! » Et on finit toujours par la tourner !

Gilles : T'es-tu retrouvée à consoler certains de tes proches ayant un parcours de vie très différent du tien, à propos de choses que tu n'avais pas vécues ?

Mimie : Pas mal de fois ! Pendant les vingt ans où j'ai galéré sentimentalement, j'étais entourée de couples mariés. Forcément, en tant que célibataire, cela me renvoyait une image pesante par moments, mais jamais je n'ai eu peur de finir seule. Au moment où je me suis mariée à mon tour, huit de mes amies proches se sont fait larguer et ont divorcé ! J'essayais de les consoler en leur disant que j'étais un espoir pour tout le monde… Avec Ben, en regardant nos photos de mariage, on constatait : « Tiens, ce couple-ci est séparé, et celui-là aussi ! » Autrefois, je pleurais dans leur giron en déplorant de ne pas rencontrer quelqu'un, mais quand Benoist et moi nous sommes connus, on s'est dit : « Il suffisait d'être patients. » Aujourd'hui, certaines sont célibataires, d'autres recasées, mais entre ce que j'ai vécu et mon envie d'y croire, je suis parfois le pilier de mes copines.

J'ai rencontré Ben à quarante-cinq ans. Tout le monde me répétait que j'allais forcément rencontrer quelqu'un. Les rares voyantes que j'ai consultées me disaient toujours : « Vous allez le rencontrer. Un peu plus tard, mais vous allez le rencontrer. Ce sera un homme bien. » J'avais envie d'y croire même si je me disais qu'il aurait forcément un problème, un vice caché non couvert par la garantie. Mais non ! Benoist fait du vin, il aime la nature, la campagne, les fleurs, les fruits, et il cuisine divinement bien…

Gilles : Je viens d'entendre : « Les rares voyantes que j'ai consultées… » Tu ne vas pas t'en tirer comme ça ! Raconte-moi.

Mimie : À chaque fois que j'ai consulté, c'était toujours pour des questions sentimentales. Je me suis enquillé quelques histoires de cœur perdues d'avance : soit le mec était homosexuel et j'espérais le changer, soit il était marié – j'ai souvent été « en plus », je n'ai que très rarement été *la* femme. Le fait est que je me mettais moi-même dans ces histoires. Alors, quand je désespérais trop de rencontrer l'homme de ma vie, hop, j'allais voir une voyante qui me disait d'y croire encore, que je le rencontrerais, que c'était écrit. J'avais seulement besoin de me rassurer sur ce qui allait m'arriver. Au bout du compte, je pense que les voyantes étaient pour moi des sortes de « psys affectueuses » qui me donnaient des raisons d'espérer. Je sortais de chez elles en me disant, toute joyeuse, que j'allais rencontrer quelqu'un. Elles ne m'avaient pas dit si ce serait dans dix ou quinze ans, mais qu'importe ! Depuis Benoist, je ne lis même plus mes horoscopes, je ne veux rien savoir. Maintenant que j'ai l'homme dont je rêvais, j'ai seulement envie que ça continue comme ça, je veux que rien ne change et garder les gens qui m'entourent et que j'aime. Je n'ai pas envie de savoir ce qui se passera demain. Je profite de ce qui se passe aujourd'hui !

Gilles : Pourtant, si on t'annonçait que tu vas avoir le rôle dont tu rêves, ou que quelque chose de bien va arriver à ta famille, tu voudrais l'entendre ?

Mimie : On a toujours envie d'apprendre de bonnes nouvelles, mais je ne suis même pas sûre d'avoir envie de savoir que dans deux ans je vais avoir un rôle au cinéma. Je suis finalement devenue assez sereine. Par contre, j'ai peur du temps qui file. À mon âge, j'ai encore envie de tant de choses… J'ai encore tellement soif de continuer à partager toute ma vie. Vivre avec mes parents, ma famille. Parmi mes copines, peu ont encore leurs deux parents. C'est extraordinaire. Je sais qu'il y aura forcément un après, mais je n'ai pas envie d'y penser.

DESTIN

Gilles : Considères-tu que tu as de la chance ?

Mimie : Oui, paradoxalement oui.

Gilles : Crois-tu que tu as un destin, une bonne étoile pour te guider ?

Mimie : Peut-être que l'on a tous quelque chose d'écrit, de tracé, même si on peut s'égarer en chemin. Quand je suis née, j'ai mis vingt minutes à pousser mon premier cri. On m'a baptisée en catastrophe, car tout indiquait que mon séjour sur cette terre serait court. J'étais le premier enfant de mes parents, et maman, pas du tout désespérée, a dit : « Elle va vivre, et elle aura un destin hors norme. » Elle n'imaginait pas forcément que j'allais sauver le monde, mais sans doute que j'aurais un parcours inhabituel. Après avoir flanqué une belle frousse à tout le monde, j'ai enfin hurlé, et c'était parti.

Effectivement, j'ai suivi un chemin plutôt atypique, surtout pour quelqu'un comme moi. Même si ce qui m'arrive, c'est aussi parce que je le provoque. Je crois que notre destin se trace de point en point, d'une rencontre à l'autre.

Gilles : Tu penses que tu avais rendez-vous avec Benoist, et avec moi ?

Mimie : On a une route, c'est sûr, et sur cette route on a plein de points de rencontre. Est-ce qu'on en prend le temps ? *Le Théâtre de Bouvard*, ce n'était pas écrit. Simplement, au moment où j'ai démarré mon spectacle, cette émission venait de commencer. Il faut savoir saisir les mains qui se tendent. Exactement comme sur une route il faut regarder, « attraper » le paysage. Si tu as le nez sur la carte, tu ne vois pas ce qu'il y a autour. Si sur l'autoroute tu aperçois un petit chemin qui te tente et que tu prends le temps de le suivre, tu vas découvrir d'autres décors, d'autres gens. Notre route est tracée mais nos choix font évoluer notre façon d'avancer.

Gilles : Tu dis que ta route n'était pas forcément destinée à quelqu'un comme toi. Peux-tu définir ce que tu entends par « quelqu'un comme toi » ?

Mimie : Quelqu'un de différent, au sens large. Quand on voit une belle jeune fille grande et blonde, on se dit qu'elle a plus de chances de devenir mannequin. Certains semblent prédestinés. Dans mon cas, les pronostics étaient plus compliqués ! Bien sûr, je ne me suis pas dit tout de suite que j'aurais un grand destin, mais on se l'est dit pour moi dès ma naissance. J'aurais pu avoir une vie discrète, parallèle, effacée, en retrait – « Excusez-moi d'être comme ça ». Je serai toujours reconnaissante à mes parents d'avoir eu cette force de dire : « Regardez, c'est notre fille ! »

Gilles : Penses-tu que le destin que tu t'es forgé, en ayant cette aptitude à saisir les mains tendues et en allant sur des terrains où tu pouvais t'exprimer, est aussi une réaction par rapport à ce qui aurait pu être la vie pour quelqu'un comme toi ?

Mimie : J'ai réagi face à cet obstacle, peut-être un peu trop vigoureusement par moments, mais je ne voulais surtout pas être quelqu'un d'effacé. Puisque j'étais petite, je voulais être devant ! J'ai toujours été résolue à décider de ma vie parce que, si je me trompe, je préfère m'en vouloir à moi plutôt qu'à quelqu'un qui m'aurait emmenée sur un chemin où je n'avais pas envie de m'aventurer.

Gilles : Puisque tu as cette notion de destin, tu te projettes forcément vers ce que tu seras. Comment te vois-tu, toi Mimie, toi Michèle, dans ton futur ? Es-tu sur le bon chemin ? En retard, en avance sur le rendez-vous que tu as avec ta destinée ?

Mimie : J'ai encore trop de projets dont j'ignore s'ils se concrétiseront. Avec *Joséphine, ange gardien*, par exemple. Je ne pense pas avoir atteint la limite de cette merveilleuse aventure, même si on fête ses vingt ans cette année. Je sais aussi que je n'aime ni partir ni lâcher. Je ne sais pas si j'aurais été capable – comme certaines comédiennes – d'arrêter une série en plein succès. Pour mieux rebondir. Ou pas ! C'est paradoxal, mais j'ai besoin de stabilité tout en ayant quelques portes entrebâillées pour ne pas m'encroûter. On m'a ouvert récemment quelques horizons qui laissent penser que l'on peut m'imaginer dans d'autres personnages que Joséphine, gentil ange gardien. Maintenant, c'est à moi de convaincre que j'ai encore d'autres cartes à jouer, que ce soit au théâtre ou au cinéma.

Gilles : Donc, tu vois une actrice qui va dépasser le support de la télé, avec des rôles inattendus.

Mimie : Il suffira qu'il y en ait d'abord un pour ouvrir la voie. Échapper aux clichés, encore une fois. Et toi ?

Gilles : En mon for intérieur, je sais que mon destin est d'être avec les gens. Peu importe la façon, tant que c'est vraiment l'humain d'abord. Je n'ai pas de rêve de gloire, mais j'espère réussir à accomplir certaines choses. Je sais que je n'y arriverai pas seul et cela me va très bien. Seul, rien ne m'intéresse. Je n'ai pas de jugement de valeur sur ce que je suis. C'est au public de décider si je suis digne de me voir accorder la liberté de continuer. C'est la loi de nos métiers et je l'accepte sans problème. Tous les moyens pour abolir les distances entre les cœurs sont bons.

BLANCHE-NEIGE ET SANS-FAMILLE SONT SUR UN BATEAU…

Gilles : Tu évoquais l'image négative des nains souvent véhiculée par le cinéma autrefois – je me rappelle parfaitement du personnage de Miguelito Loveless, l'infâme ennemi de James West dans *Les Mystères de l'Ouest* ! Ce n'est plus forcément aussi négatif et caricatural aujourd'hui. Des films comme *Willow* et *Les Kaïra*, des séries telles que *Game of Thrones*, *NCIS : Los Angeles* et bien sûr *Joséphine, ange gardien* offrent d'autres représentations bien plus positives. À noter d'ailleurs que d'après ce que j'ai pu vérifier, il n'existe pas dans le monde d'autre personnage principal de petite taille dans une fiction récurrente à part toi. Quel regard portes-tu là-dessus ?

Mimie : Le cinéma comme la télévision ont commencé par s'inspirer de l'inconscient collectif avant de le dépasser pour désormais le façonner. Il est vrai que l'image des gens de petite taille s'est simplifiée, on est un peu plus loin de la caricature que par le passé. Le spectre de Blanche-Neige et des sept nains s'est un peu estompé ! Mais même si l'on trouve aujourd'hui une diversité croissante de représentations, le chemin est encore long avant d'arriver à un équilibre. J'imagine que chaque porteur de différence pourrait dire la même chose.

Certains rôles prennent aussi leur sens grâce à ce qu'en font leurs interprètes. Il y a des acteurs qui choisissent d'incarner l'ironie, comme dans les films *Austin Powers*. Chacun est libre de faire ce qu'il veut de ce qu'il est, mais parfois, à mon humble avis, certains ont un peu tiré contre leur camp… En jouant sur les clichés, on les renforce. Mais je n'ai pas à commenter ce que font des collègues comédiens que je respecte complètement. Si on regarde bien, il n'existe quasiment pas d'histoires dont les nains sont les personnages principaux. Il y en a sans doute davantage avec des enfants abandonnés qu'avec des nains !

Gilles : Dans la littérature existent effectivement de nombreux personnages d'enfants abandonnés, inversés ou échangés – nous sommes un moteur colossal ! Le premier qui me vient, emblématique, c'est *Sans famille* d'Hector Malot, qui a beaucoup fait pour le mythe. Nous sommes souvent ramenés à une douleur projetée. Les enfants abandonnés sont généralement synonymes de solitude et de séparations douloureuses qui débouchent immanquablement sur des destins sordides ! Après, on joue sur les clichés pour les utiliser à des fins dramatiques. C'est un des rares sujets homogènes au sein des différentes mentalités et cultures partout dans le monde. D'habitude, les Asiatiques ne traitent pas les choses comme les Européens, et encore moins comme les Américains. Cependant, le ressenti face à l'abandon de l'enfant est assez universel.

Mimie : Les rares fois où j'ai vu des films où figuraient des personnes de petite taille, elles avaient des rôles secondaires. En ce sens, *Une nounou pas comme les autres* marquait une première parce que, pour la première fois, un personnage de petite taille tenait le rôle principal. À un moment, le bruit a couru que j'allais rejoindre la série *Game of Thrones*. C'était une drôle de rumeur, mais si elle avait été fondée, j'aurais préféré être la fiancée de Kit Harington plutôt que celle de Peter Dinklage ! Encore mon fameux rejet des ghettos…

Quand je suis arrivée dans ce métier, je ne voulais surtout pas me laisser enfermer dans un cliché. Nous en avons déjà parlé, mais on a vu trop de gens comme moi tenir forcément le rôle du fourbe, du méchant ou du personnage maléfique, comme Piéral tout au long de sa carrière, ou comme Roberto dans *Angélique, marquise des Anges*. Tous ces personnages qui ne couraient pas assez vite et qui, à certains moments, avaient ce regard malveillant ! À l'époque, les personnes de petite taille étaient presque à chaque fois des hommes. Même maintenant, il n'y a pas de femmes de petite taille. C'est ainsi. C'est un truc à part, il n'y a personne chez les filles. Même Linda Hunt, l'actrice qui jouait dans *L'Année de tous les dangers*, le film de Peter Weir (où d'ailleurs elle interprétait un homme, un rôle pour lequel elle a remporté un Oscar !), et qui joue maintenant dans *NCIS : Los Angeles*, n'est pas atteinte d'achondroplasie. Elle n'est simplement pas très grande.

Gilles : Quand tu étais jeune, y a-t-il un personnage de cinéma, de télévision ou de roman que tu aurais voulu être ?

Mimie : J'aurais adoré être une héroïne de comédie musicale ! C'est récurrent chez moi. Gene Kelly, Fred Astaire ou Shirley MacLaine ont pour moi tous les talents. J'aurais voulu avoir moi aussi de multiples facettes, être comme eux, capable de bouger, de danser, de faire ce qui pour moi constitue le véritable cinéma américain : les comédies musicales. Mais c'est génial de voir que cette mode-là semble revenir avec *La La Land*.

Gilles : Qu'est-ce qui t'inspire tant dans les comédies musicales ?

Mimie : Le fait que ces films, comme tes livres d'ailleurs, entraînent les gens hors de leur vraie vie, hors de la banalité et du quotidien, pour les transporter ailleurs, là où ils ressentent plus fort. J'adore quand ça bouge, quand le rythme de la musique épouse celui de la vie et des sentiments. C'est un mélange visible d'émotion et d'énergie. C'est un moment de rêve, comme lorsqu'on lit un bouquin ou qu'on regarde un film qui se termine bien. On sait que ce n'est pas forcément la vie, mais c'est ce qu'on essaie d'en faire. Qu'elle soit belle.

Gilles : Au moment où tu te rêvais en Shirley MacLaine, étais-tu consciente que tu n'avais pas ses jambes et que, autre handicap, tu n'étais pas aux États-Unis ? Comme les gamins qui se rêvent en Rambo et ont ma carrure…

Mimie : Je n'ai pas raisonné en termes d'obstacles mais d'envie. On se dit : « Je vais le faire à ma façon. » Déjà, quand j'étais jeune, les gens me regardaient en se disant que j'allais morfler au fur et à mesure que j'avancerais dans ma vie et ma carrière. De façon consciente ou inconsciente, je suis passée de mon envie d'être Shirley MacLaine à quelque chose de plus facile au niveau de l'énergie et de ce que je pouvais apporter. Être moi ! La rencontre avec Line Renaud a également été importante pour moi. Au début, je ne m'identifiais pas du tout à elle. Et puis, un soir, je suis tombée sur un documentaire sur « la petite demoiselle d'Armentières » et j'ai pris conscience de son parcours vraiment extraordinaire. Je l'ai découverte, humainement et professionnellement. Elle a fait quelque chose d'incroyable, en gardant son identité, son accent *frenchy*, sa gouaille, sans tricher. Sans se couler dans le moule de toutes ces femmes refaites, en assumant ce qu'elle était. C'est pour ça qu'elle est encore là à près de quatre-vingt-dix ans. Elle a aussi un lien affectif énorme avec les gens. Elle a su dépasser le stade où on fait son job pour devenir quasiment quelqu'un de la famille, pour tout le monde. Comme toi, elle lit tout son courrier et y répond. C'est une femme que j'adore.

Et toi, qu'est-ce qui t'a marqué comme exemple ? Est-ce que tu as rêvé en admirant des héros de cinéma ?

Gilles : Personne sur un écran. Dans la vraie vie, j'aimais beaucoup l'humour de mon oncle maternel, Charles Juhel. Il vivait à Saint-Lô, avec sa femme, adorable et si frêle, au-dessus d'une boulangerie. Le parfum des viennoiseries et du pain chaud qui montait du fournil dès l'aube m'a beaucoup marqué. Je m'ennuyais chez eux, il n'y avait pas d'enfant, on devait mettre des patins pour ne pas salir les parquets, on marchait à deux à l'heure alors que j'avais envie de courir ! C'était terrible. Alors, je sortais dans la cage d'escalier et la cour, et j'y restais pendant des heures, entre deux visites à la famille. J'inventais des histoires, j'observais les gens qui passaient. Je pense que cela a beaucoup compté dans ce que je suis devenu, y compris pour *Demain j'arrête !*... Charles était coiffeur et barbier, il avait de grands fauteuils dans lesquels on disparaissait presque en s'y asseyant. Avant chaque rentrée scolaire, il me coiffait.

À la fin de la guerre, Charles était revenu de sa captivité avec une jambe invalide. Malgré ce qu'il avait traversé, il avait l'élégance de poser un regard léger sur le monde, gardant le pire pour lui-même et déroulant un tapis rouge d'humour et d'attentions délicates aux nouveaux venus, dont j'étais. Les personnes avec qui j'ai eu la chance de vivre et à qui j'ai posé beaucoup de questions – je devais être épuisant ! – m'ont bien plus inspiré que des personnages de fiction, même remarquablement interprétés. Évidemment, étant un jeune garçon, j'étais fasciné par les héros, les flics, les militaires et les espions ! Mais, au final, le côté torturé, seul, me parlait sans doute davantage.

Je ne me souviens pas, étant enfant, de m'être projeté dans des personnages vus au cinéma ou à la télévision car aucun n'occupait la fonction que j'avais le plus envie de remplir. Je me voyais toujours dans l'ombre, et lorsque j'ai compris que c'étaient des gens bien réels qui fabriquaient les films, j'ai eu envie de les rejoindre. Je voulais contribuer au travail d'équipe qui donnait naissance au rêve. Mais être dans la lumière, à l'écran, à l'image, ne m'a jamais branché. Peut-être par manque de confiance en moi. Ce que je voulais, c'était créer de l'émotion, rapprocher les gens dans un même sentiment. Peu de personnages de fiction font cela ; par contre, dans la réalité, ils sont nombreux, et c'est une chance.

Y CROIRE, TOUJOURS

Gilles : Plus jeune, tu ne t'es jamais dit que le monde était le plus fort et que tu ne t'en sortirais pas ?

Mimie : Je n'en ai pas le souvenir.

Gilles : Tu penses que ça a pu t'arriver et que tu l'as oublié, ou bien que ça ne t'est réellement jamais arrivé ?

Mimie : Je ne crois pas avoir connu de grande remise en question, mais si j'en ai eu une, c'était sans doute pour des raisons sentimentales. Je me suis sûrement dit que, si je n'avais pas été comme je suis, ma vie sentimentale aurait été plus facile. J'ai certainement eu des remises en cause par rapport à cette différence qui en gênait plus d'un. Mais même au démarrage, quand je galérais un petit peu, qu'il y avait trois personnes à mes spectacles, j'ai continué à y croire. Et toi ?

Gilles : J'ai toujours été intimement convaincu de ce que je faisais, comme un naïf, comme un illuminé, avec une foi absolue. Même si je ne savais absolument pas où cela allait me conduire ! Toi, tu avais un but, alors que moi non. Je naviguais à vue, à l'instinct, au jour le jour. Que cela marche ou non n'influe pas sur mes choix. Je tente de faire ce que je crois le mieux possible et je regarde où cela me porte.

J'ai commencé dans le cinéma, j'écris des livres, je ne sais pas pour combien de temps. Je ne cherche pas à avoir une carrière, je préfère avoir une vie. Même encore aujourd'hui, le fait de sortir un thriller, *Le Premier Miracle*, après cinq comédies qui ont cartonné, c'est une question d'intégrité. Aujourd'hui, je suis un peu attendu, les gens me lisent et connaissent mon nom, ils aiment bien ce que je fais. Pour moi, c'était le bon moment pour ce livre, et je l'ai fait à l'instinct et à la sincérité, parce que c'est là que je me sens à ma place. Et le succès remporté me conforte dans le fait que les gens sont davantage attachés à une personnalité sincère qu'à ce que certains présentent comme un produit.

Même chose pour notre livre, ce livre. J'ignore complètement s'il sera un succès, mais notre envie, notre élan est le bon. Je sais que, dans cette configuration-là, les choses existent pour de bonnes raisons, et on verra ensuite ce que ça devient. Quand tu dragues un mec avec tes attentes d'adolescente, quand je drague une fille avec mes attentes de jeune homme, on se demande ce qu'on vaut, si on va pouvoir atteindre ses rêves. L'image est un peu caricaturale mais je suis resté sur ce mode de fonctionnement. Je sais que les gens ont autre chose à faire que de s'occuper de moi.

Des tas de choses leur sont proposées tous les jours. Ils sont ultra-sollicités, tentés de toutes parts. Il faut un supplément d'âme, une bonne dose de chance pour que leur main se tende vers toi.

Mimie : Comme toi, je suis toujours admirative et reconnaissante de ce qui m'arrive.

Gilles : Moi aussi. Pour moi, on dirait une blague – mais une bonne !

Mimie : Si ça n'avait pas marché, je pense que j'aurais eu la lucidité d'opter pour autre chose – on ne s'obstine pas à rester là où la vie ne veut pas de vous. Je serais devenue assistante d'un artiste, ou régisseuse, j'aurais fait un truc parallèle parce que j'aurais compris qu'il fallait m'arrêter. Derrière plutôt que devant, mais toujours en rapport avec ce métier. Je considère encore comme un miracle le fait que les gens m'arrêtent dans la rue, me parlent.

Gilles : Tu dis que si tu n'avais pas pu être devant, tu serais devenue régisseuse ou assistante. C'est ce que j'étais avant, parce que j'ai d'abord mis ce que je suis au service des autres. Je connais ce mécanisme-là, j'ai vu l'engouement du public se fabriquer vis-à-vis de certaines célébrités mais en étant en retrait, à l'abri. C'est une place très confortable.

Mimie : Même si je n'ai pas ta capacité à tout absorber, tout retenir, je crois être attentive aux autres. Ainsi, pour le concert des *Enfoirés*, pendant les huit jours où on est tous ensemble, trois cents techniciens et artistes, c'est un échange humain magnifique. Je n'y peux rien, je serais malheureuse si je ne partageais pas avec ceux qui m'entourent. Quand on voit le travail que se coltine toute l'équipe derrière, on ne peut être qu'admiratif !

Pendant l'édition 2016, un truc vachement touchant s'est passé : on faisait tous les soirs un sketch avec Maxime Le Forestier, pour lequel j'avais besoin d'un bloc-notes puisque je jouais une psy qui essayait de soigner son patient joué par Maxime. Le dernier soir, dans ce cahier que me tendait l'accessoiriste juste avant l'entrée en scène, j'ai pu lire : « Ma Mimie, merci pour ta gentillesse. » Ça m'a émue aux larmes devant 15 000 personnes. Ce sont des petits riens qui font beaucoup. Pas un des copains ne me laissait descendre les marches énormes des coulisses de Bercy sans me tendre la main. Comme tu le dis, cet échange avec les gens autour de nous, c'est quelque chose dont nous avons tous les deux besoin.

Gilles : Pour moi, ce n'est pas de la reconnaissance. Ce que je cherche, c'est la proximité.

Mimie : Moi aussi, même si je ne saute pas au cou de tout le monde. Ce qui me détruit le plus, c'est quand je lis que je suis odieuse avec tous ceux qui me côtoient. Qu'on me reproche de ne pas avoir de talent ou d'être mauvaise comédienne, c'est une question d'appréciation et je l'accepte, même si parfois ça pique un peu ! Mais quand on dit que je suis méchante, dans la vie comme sur les plateaux, c'est le genre de truc qui me fait le plus de mal. Je ne pourrais pas vivre sans être bien avec les gens qui m'entourent, que je les connaisse plus ou moins.

ON PEUT AUSSI EN RIRE

Mimie : J'ai un souvenir très drôle avec Johnny Hallyday. J'ai eu la chance de le rencontrer il y a trente ans, grâce à mon producteur de spectacles, Jean-Claude Camus. Parenthèse qui n'a rien à voir avec notre livre, mais j'ai découvert en Johnny une bête de scène et, à chacun de ses spectacles, je n'en reviens pas de l'énergie qu'il dégage. Je suis admirative de l'artiste et petit à petit, j'ai rencontré l'homme avec ses forces et ses failles. Comme nous tous, mais quel homme ! Nous ne sommes pas des amis intimes, mais on s'aime bien. Il est, je le pense sincèrement, l'un des plus grands de notre métier. Quand il m'a demandé s'il pouvait être mon témoin de mariage, tu imagines la tête de mon entourage. Et la mienne ! C'est quand même un truc improbable que je n'aurais jamais pu imaginer, même si mes parents m'ont enseigné l'optimisme !

Bref, ce n'est pas la chose la plus drôle qui me soit arrivée avec lui. J'y viens. On est à la fin des années 1990, je suis déjà assez connue. Je me trouve à Lyon pour préparer un événementiel dans lequel est aussi impliqué Patrick Chêne, alors présentateur de *Stade 2* tous les dimanches après-midi. À l'époque, Patrick et moi sommes tous les deux ce que *Télérama* et le *Nouvel Obs* détestent déjà : des « vedettes populaires » ! Et il se trouve que Johnny est au Palais des Sports de Lyon ce même soir. Après un coup de fil à Jean-Claude Camus, Patrick et moi décidons d'aller voir le show. Nos invitations et nos pass nous attendent à l'entrée des artistes, on se faufile au milieu des sosies et groupies de Johnny, les purs et durs qui le suivent partout et depuis toujours, qui se coiffent comme lui, s'habillent comme lui, mangent comme lui, respirent comme lui. Enfin presque ! Et là, alors que le service de sécurité nous prend en charge, on entend cette phrase assez improbable prononcée par un des clones de notre idole nationale : « Eh les gars, regardez, c'est génial, ce soir, y a plein de stars… Il y a Gérard Holtz et Passe-Partout ! » Je pense être assez féminine, en tout cas plus que ce jeune homme qui court au milieu des serpents et des mygales dans l'émission de France 2 !

Gilles : Mon souvenir à moi est bien moins show-biz… J'ai souvent l'occasion de plaisanter sur mon abandon, et uniquement sur le mien parce que je conçois très bien que tout le monde n'ait pas le recul et le second degré nécessaires. Dès qu'un pote hésite à m'aider ou si je veux faire un caprice pour rire, je n'hésite pas à dégainer ma tête de chien battu et à chouiner : « Tu sais, je suis orphelin… » Au début, que j'ose en rire à mes frais déroutait tout le monde, mais les choses ont bien changé – comme quoi, on s'habitue à tout. Maintenant, ils me tapent directement en me menaçant de m'envoyer au chenil…

Une des situations qui m'ont fait le plus rire s'est produite à Londres. Nous étions avec ma femme et nos deux enfants près du St James's Palace, non loin de l'avenue qui mène à Buckingham, pour des recherches architecturales. C'est un bâtiment que je trouve magnifique. Nous remontions vers le centre-ville quand, au loin sur le trottoir, nous avons vu arriver vers nous quelqu'un dont il était difficile de dire s'il s'agissait d'un homme ou d'une femme, et encore plus quel était son âge.

J'ai toujours parlé de mon adoption à mes enfants sans aucun tabou – c'est aussi l'occasion d'aborder ce qui constitue le vrai lien entre les individus. Souvent, nous avons discuté du fait que mes géniteurs étaient probablement toujours vivants. Encore à bonne distance, cette personne paraissait surprenante : cheveux longs d'une couleur blonde improbable, un corps en équilibre entre masculinité et féminité, des mains de bûcheron, mais une démarche de ballerine. Tandis qu'elle s'approchait, mon fils Guillaume et moi, qui marchions en tête, avons découvert son maquillage pour le moins surprenant. Ses traits suggéraient un âge bien plus avancé que sa gestuelle. Cette personne constituait à elle seule un paradoxe, un mélange rare qui traduisait un déséquilibre entre différentes influences pourtant parfaitement assumées. Alors que nous n'étions plus qu'à quelques mètres, mon fils m'a glissé : « Si ça se trouve, c'est ton vrai père… ou ta mère ! » Je me suis étranglé. J'ai réussi à me contenir en m'étouffant à moitié. J'ai éclaté de rire plus loin et j'ai mis un taquet à mon gamin, qui riait aussi. J'adore ce genre d'humour parce qu'il a du sens, parce qu'il détourne le tragique en ridicule, parce que d'un seul coup, la route qui devait te conduire dans un précipice décolle vers le ciel. Le pire, c'est qu'il existe une chance, même infime, mais une chance tout de même, pour que ce soit vrai… Tu imagines, sur Marlborough Road, un travelo qui me dirait : « Gilles, je suis ton père » ?

DES MASQUES POUR ÊTRE SOI-MÊME ?

Gilles : Tes rôles t'ont-ils aidée à savoir qui tu es ?

Mimie : Je dirais plutôt que c'est l'inverse : mes rôles ont aidé le public à savoir qui je suis. Nuance très importante.

Moi, je sais qui je suis depuis que je suis toute petite. Enfin, depuis que je suis encore plus petite que ça ! Sans aucune prétention, je pense me connaître grâce à la belle visibilité que mes parents m'ont offerte depuis que je suis en âge de comprendre ce que je suis : une femme de petite taille, allez, je me lance : une naine qui ne dépassera jamais un mètre trente-deux et demi… Basta ! Tu vois, je l'ai prononcé, ce mot ! Blague à part, je ne suis pas un monstre de foire que l'on doit cacher, mais une femme. Pas la plus belle, mais pas la plus moche non plus.

Je sais que je ne suis pas mannequin, et je n'ai jamais prétendu l'être. Mais je pense sincèrement qu'au travers des rôles que j'ai choisis, ou qui m'ont choisie, je fais passer autre chose qu'une différence aigrie et envieuse. Je fais passer de la joie de vivre, de l'espoir, de l'humour, de l'autodérision, du caractère, et une envie de fiche un grand coup de pied dans tous les préjugés. Je n'empêcherai jamais certains d'en avoir, mais c'est peut-être ceux-là qui ont besoin de savoir qui ils sont ! Au lieu de passer leur temps à voir les autres tels qu'ils ne sont pas, ils feraient mieux de s'auto-ausculter.

Je suis heureuse de vivre, et plus j'avance dans la vie, plus j'ai envie de continuer à faire rire et à amuser, à partager et à aimer, sans avoir à me justifier sur mon apparence. Car c'est profondément dans ma nature. Je sais que je suis quelqu'un de gentil. Je ne me laisse pas marcher sur les pieds, mais je suis gentille !

Et ce n'est pas Joséphine qui me fera dire le contraire. Parce que je ne sais pas si tu as remarqué, mais dans mon rôle d'ange gardien, jamais aucune allusion n'est faite à ma taille. Je débarque dans la vie de chacun de mes clients sans avoir à me justifier sur ce que je suis. Au fil des épisodes, le personnage s'est imposé avec sa différence sans qu'il soit besoin de dire : « Pourquoi tu es petite ? Mais tu n'es pas comme tout le monde… » Peut-être que désormais, comme on se le disait, les enfants imaginent que tous les anges sont comme moi. Pourquoi pas ? En tout cas, je reste persuadée que j'ai peut-être aidé, au travers de mes trente-cinq ans de carrière, à faire évoluer les mentalités. On fête les vingt ans de Joséphine cette année et je lui dois une fière chandelle.

Même si ça ne m'empêche pas de rêver à d'autres rôles. Peut-être qu'après avoir prouvé que je pouvais apporter du bonheur, je serai capable d'assumer, dans quelque temps, un vrai rôle de méchante. Et j'aurai vraiment gagné si on dit : « Oh, mais c'est un vrai rôle de composition ! »

Et toi, les personnages que tu crées t'aident-ils à savoir qui tu es ?

Gilles : Écrire, c'est dessiner un monde à sa façon. Dans mes romans, j'essaie de mettre tout ce qui me touche et d'écarter tout ce qui m'insupporte. On n'a pas besoin de violence gratuite, de sexe facile ou d'effets trop vus pour raconter une histoire. Je déteste la complaisance. Je suis dans tous mes personnages, même les moins positifs. Ils ont un peu de ma nature et portent aussi ce dont j'ai été le témoin dans ma vie. Mais écrire des personnalités ne m'enseigne rien sur ce que je suis. Par contre, voir les gens y réagir m'apprend énormément sur le fonctionnement des humains. Je crois que finalement, hormis les circonstances, il n'y a pas tant de différences que cela entre les hommes et les femmes, les jeunes et les vieux, où que l'on vive et quelles que soient nos croyances. Tous les humains fonctionnent sur un socle commun que leur nature ou leurs particularités teintent plus ou moins. Mes personnages et ceux qui y réagissent me confirment tous les jours l'universalité de ce qui compte vraiment.

VOIR LE MONDE D'OÙ JE SUIS

Gilles : As-tu l'impression de vivre dans un monde différent de la plupart des gens ?

Mimie : Si tu fais allusion à ma taille, non, je ne vis pas dans un monde différent. Que ce soit avec mon mari maintenant, ou pendant mes années de coloc avec des copines, aucun de mes appartements n'a été la maison des Schtroumpfs. C'est juste une question d'organisation.

Le fait d'être à ma hauteur me laisse hélas entrevoir exactement le même monde que les autres. Les mêmes injustices, manques et inégalités. Les mêmes dangers pour la planète, les mêmes ambitions inefficaces des politiques qui veulent soi-disant tous sauver notre pays mais qui n'ont pas le claquement de doigts de Joséphine.

Si la différence dont tu parles fait allusion au fait que je suis célèbre et que depuis quelque temps je gagne très bien ma vie, alors oui, mon monde à moi est sans conteste très différent de celui du pauvre gars qui a du mal à boucler ses fins de mois. Je paie beaucoup d'impôts, et c'est normal. Mais malgré ce confort, je ne pense pas être trop déconnectée du monde réel, même si je m'endors sans la préoccupation de savoir comment je vais payer mon loyer. Je fais mes courses, mes lessives, je cuisine, je range. Je pense avoir gardé les pieds sur terre. Je partage le plus possible en étant consciente de ma chance. J'en profite et j'essaie d'en faire profiter autrui. Les gens que je connais et d'autres que je ne connais pas.

Gilles : Qu'est-ce que cela change d'observer les autres de ta place ?

Mimie : Par place, tu entends hauteur, je suppose. Eh bien, je dirais que, à ma hauteur, on a une fâcheuse tendance à développer de l'arthrose cervicale car on passe beaucoup de temps la tête en l'air. En même temps, je déteste que les gens se penchent vers moi ou s'accroupissent pour me parler. Je ne sais pas d'où ça me vient, mais quand ça se produit, je ne peux pas m'empêcher de relever les « affaissés » ! Heureusement qu'un type sympa a eu la bonne idée d'inventer les chaises qui permettent de s'asseoir ! Ce qui fait que je me retrouve assez souvent au même niveau que tout le monde, puisque comme je l'ai dit, mon buste est de proportions normales. D'un autre côté, l'avantage de ma taille en position debout, c'est que, quand un monsieur a sa fermeture de pantalon mal fermée, je suis forcément une des premières à repérer ce problème de braguette, et je peux discrètement le lui signaler avant qu'il ne soit accusé d'attentat à la pudeur !

Ah si, une autre chose assez drôle que j'ai pu observer de ma place : souvent, quand les gens s'adressent à moi, tout devient petit. « J'ai vu votre petit film hier… » (les épisodes de *Joséphine* durent tous quatre-vingt-dix minutes). « Vous pouvez me faire une petite signature ? », « Je vous mets une petite baguette… », « Vous voulez un petit gigot pour douze ? ». Etc., etc. Ça me fait beaucoup rire. Je ne suis pas sûre qu'ils s'adressent de la même façon à l'immense Gérard Depardieu !

UN COUP DE BAGUETTE MAGIQUE

Gilles : Si tu devais changer une chose à ta vie, ce serait quoi ?

Mimie : Alors, crois-moi ou pas, mais je ne changerais surtout pas ma taille. Si j'avais dû choisir, avant de débarquer sur terre, je n'aurais bien sûr pas opté pour ces centimètres en moins, mais je suis née avec, et c'est comme ça. Ça me ferait tout drôle de grandir tout d'un coup, et je n'en ai pas envie du tout. Tu imagines le choc ? Non, je me sens très bien à ma hauteur. Je l'ai apprivoisée et elle me convient.

Par contre, j'aurais bien opté pour quelques hernies discales en moins. Je dois ces hernies à ma cambrure exacerbée et à mon format un peu biscornu. Si je pouvais faire disparaître les douleurs qui m'accompagnent au quotidien, je n'hésiterais pas une seconde. Je vote tout de suite pour.

Mais c'est ma vie, et c'est aussi comme ça. Alors, en attendant de pouvoir claquer des doigts pour ne plus avoir mal, histoire de soulager ma colonne vertébrale de quelques kilos, je vais essayer de transformer cette attirance gourmande pour la charcuterie, les pâtes, les fromages, le bon pain et le bon vin en amour démesuré pour la salade sans vinaigrette, les haricots verts et le tofu. Mais ce n'est pas gagné !

Et toi, au niveau personnel ou professionnel, que changerais-tu ?

Gilles : Je n'y pense même pas, parce que je sais que c'est impossible et que je me suis parfaitement fait à ma vie. Si, cependant, par un coup de baguette magique, il était possible d'influer sur les choses, j'aimerais vraiment revenir quelques années en arrière en sachant ce que je sais maintenant. Profiter de ceux qui sont partis trop tôt, ne plus perdre de temps avec ceux qui te rongent la vie comme des rats. Mais tout le monde doit pouvoir en souhaiter autant ! C'est bon de ne pas être seul !

UNE VIE POUR APPRENDRE

Gilles : Si tu devais ne retenir qu'une seule leçon de tout ce que tu as vécu, quelle serait-elle ?

Mimie : Au niveau personnel et professionnel, ce que j'ai vécu m'a appris deux choses.

La première, c'est que j'ai eu raison de rêver à une autre vie que celle qui m'était « destinée » parce que j'adore mon job. « J'avais rêvé d'une autre vie »… Tu connais la chanson ! Je l'ai rêvée, ma vie d'artiste, et j'ai tout mis en œuvre pour que mon rêve se réalise. J'avais des choses à dire et peut-être à prouver, et j'ai enfoncé des portes et foncé.

Mais je crois que la chose la plus importante que j'ai comprise, c'est qu'il faut bosser encore plus dès qu'on a touché son rêve du doigt. Je développe, avant de passer pour une vieille ringarde donneuse de leçons !

Gamine, je rêvais d'être chanteuse, comédienne, et j'y suis arrivée. Et c'est là qu'il ne faut pas se planter. Parce qu'à partir du moment où tu as une petite notoriété, où le public commence à t'apprécier et à te faire confiance, tu dois forcément penser à la suite de tes aventures artistiques. Sauf si tu veux faire « un coup », ce qui n'est pas mon cas car ça fait trente-cinq ans que le « coup » dure ! Et c'est la différence avec toutes ces pseudo-vedettes éphémères que nous balance la téléréalité et qui vendent du vide au kilomètre. En définitive, mon parcours m'a appris qu'il faut oser et assumer. Et toi ?

Gilles : C'est terrible, mais je ne suis pas capable de choisir une leçon plus qu'une autre. J'ai pris tellement de claques, je me suis posé tellement de questions, j'ai fait tellement d'erreurs… À chaque fois, j'ai pris une leçon, dans la tête ou dans le cœur. Alors, en vrac, je livre mes réflexions à ceux à qui cela peut être utile.

La vérité est toujours la voie la plus simple et la plus économique. On n'est jamais aussi bon que lorsqu'on est sincère. Seul, on ne vaut rien. Prétendre que la vie est injuste n'a strictement aucune utilité, mieux vaut s'adapter…

Je pourrais continuer pendant des heures. Ces formules ne sont pas des citations extraites d'un quelconque livre de bien-être comme ceux qu'on trouve partout et qui étalent des soi-disant principes de vie comme des recettes de cuisine. Pour moi, chacune de ces phrases est une devise apprise au prix d'épreuves, d'échecs et de rédemptions. Tout le monde peut les connaître mais il faut en avoir payé le prix pour trouver chaque jour le courage de les appliquer.

Finalement, si j'ai appris une chose, ce serait : avance, n'aie pas peur de courir dans les ronces mais regarde toujours le ciel. Ceux qui vivent cette vie me comprendront, les autres en feront un slogan à imprimer sur des t-shirts ou des agendas. Drôle de monde…

Mimie : Drôle de monde en effet, dans lequel on a tous notre chance !

UN DERNIER MOT DE MIMIE

Voilà, c'est fini. On va pas s'dire au revoir comme sur le quai d'une gare… comme le chanterait si bien Jean-Louis Aubert. Alors laissez-moi juste papoter deux secondes avec vous, cher lecteur, avant qu'on ne se sépare.

Grâce à une copine, j'ai découvert il y a quelques années un écrivain appelé Gilles Legardinier. J'ai immédiatement trouvé dans ses livres quelque chose que je n'avais ressenti avec aucun auteur. Une sensation de reconnaître des bouts de moi, des phrases de mes proches, ma boulangère, une attitude d'un voisin, une réaction de ma meilleure amie. Et vous, qui le suiviez bien avant moi, je suis sûre que vous ressentez ça aussi. Il parle avec nos mots, de nos vies à tous, de notre univers, sans que nous sachions l'exprimer aussi bien : « Ça peut pas rater », effectivement. Et combien de fois ne s'est-on pas dit : « Demain j'arrête » parce que c'est « Complètement cramé » ? Ou alors il nous entraîne dans un « Exil des anges » et nous laisse à bout de souffle, comme dans son dernier livre, en nous inventant un « Premier miracle »…

Bref, je ne sais pas si vous avez eu la chance de le rencontrer, mais moi oui ! On s'est connus, on s'est reconnus… mais, contrairement à la chanson, on ne s'est pas perdus de vue. Merci, cher Gilles, d'avoir eu l'idée de ce livre. Au fil de nos conversations, j'ai vraiment eu la confirmation de la sincérité de l'homme que tu es. Comme toi, depuis toujours, je suis sûre que, quoi que nous fassions, cette fameuse sincérité permet d'avancer et de contourner les écueils que l'on rencontre sur notre chemin.

Merci aussi à Céline, notre éditrice, d'y avoir cru. Je n'oublierai surtout pas Pascale, sans qui nos échanges seraient restés uniquement verbaux.

Je voudrais aussi vous remercier, cher lecteur, car si vous lisez ces quelques lignes, c'est que vous nous avez fait confiance, à Gilles et à moi. On a mélangé nos deux univers et j'espère que ce voyage au pays de nos deux vies vous aura plu. Ne voyez surtout aucune prétention dans nos échanges, sauf celle de vous donner envie de profiter au maximum de ce temps plus ou moins long qui s'écoule entre notre premier cri et notre dernier soupir. On ne naît pas tous libres et égaux. On est petit, gros, laid, beau, noir, blanc, con, intelligent, doué, grand, riche, réfugié, nanti, abandonné, entouré, aimé, détesté… Mais on a forcément le droit de tout faire pour être heureux. La vie n'est pas un beau roman ni une belle histoire. Mais elle peut le devenir. Bonne route à vous, et qu'elle soit la plus belle possible.

Mimie

P.-S. :

Chante la vie chante
Comme si tu devais mourir demain
Comme si c'était ta dernière chance
Chante, oui chante.

Michel Fugain

ET POUR FINIR…

Drôle de sensation. Conclure ce livre… Plus de trois ans après l'avoir rêvé, il existe. Il est le fruit d'une rencontre entre vous, Mimie et moi. Combien de fois dans une vie peut-on avoir une vraie conversation sur ce qui nous touche et nous fabrique ? Combien de fois peut-on poser les questions librement et partager les réponses ?

Vous découvrez ce dernier chapitre en même temps que Mimie, qui ne savait pas que je comptais l'écrire. Au-delà de sa personnalité publique, de sa popularité, de ses multiples projets et talents dont beaucoup n'ont pas encore été valorisés, j'ai eu la chance de rencontrer quelqu'un d'entier, de sincère, de touchant, qui correspond au meilleur de ce que j'imaginais d'elle. Bon sang, que ça fait du bien par les temps qui courent !

J'ai l'habitude de mener des entretiens, j'en ai réalisé des milliers pour le cinéma, et quelques autres encore pour préparer mes livres. Je n'ai pas souvent eu l'occasion de le faire sur une telle durée. Des heures à se poser des questions, à chercher à comprendre. Quasiment un interrogatoire ! Aujourd'hui, je peux presque affirmer que je connais Mimie. Je sais qui elle est. Elle a sa famille, de vieux amis dont je ne suis pas, mais nous avons un lien particulier qui s'est bâti sur une franchise et une liberté réciproques que peu d'êtres expérimentent.

La différence est un beau sujet. Même si personne n'a la même, finalement, tout le monde en possède au moins une ! Notre espèce s'est construite sur son aptitude à partager les bonnes idées découvertes par n'importe lequel de ses spécimens. Ce sont les différences de chacun qui ont permis les multiples angles d'approche, les innombrables tentatives qui ont conduit le protozoaire de base à devenir ce que nous sommes aujourd'hui. Il en a fallu des causes perdues qui ont produit des miracles, des destins qui ont décollé alors que toutes les lois naturelles leur prédisaient le crash… Je ne parle pas des belles histoires mises en scène, mais des victoires que notre humanité a remportées parce que l'un de ses représentants a déjoué les plans d'un hypothétique destin, parfois sans que personne s'en rende jamais compte alors que, pourtant, tout le monde en profite.

Considérer qu'il y aurait une catégorie de gens théoriquement supérieurs qui auraient les réponses et devraient éclairer les autres est d'une affligeante stupidité. C'est parce que l'on regarde ceux qui y croient, qui se battent et qui s'en sortent que l'on progresse.

La différence n'est pas un vague concept inventé par des opportunistes en mal de façade sociale. C'est une chance, un autre angle pour voir la vie, une nouvelle voie. Notre époque, plus que jamais avide de vendre, vise à tout standardiser. Les tranches de jambon doivent rentrer dans les barquettes, les pommes doivent être calibrées, et nous devons nous conformer aux schémas de vie qui semblent être les plus logiques selon notre supposée condition. Les handicapés devraient mener des vies de handicapés, les peuples devraient correspondre aux clichés qu'on leur colle, les rêveurs sont priés de cocher les cases du formulaire. Tout le contraire de la vie.

En discutant avec Mimie, en l'observant, j'ai pris conscience de l'intérêt pour nous tous de décaler nos points de vue régulièrement afin d'appréhender la vie autrement que de notre place. Cette expérience m'a donné envie d'aller vers ceux que je ne comprends pas toujours et qui tentent des choses. Côtoyer cette personne de petite taille m'a donné envie de voir grand, parce que c'est ce qu'elle fait tous les jours sans même s'en rendre compte.

J'espère que l'éclairage croisé que nous avons porté sur nos petites vies vous aidera à dessiner votre propre chemin. Personne ne sait où il nous conduira. Nous avons besoin de vos idées. Notre monde a besoin de votre volonté. Plus personne ne veut recevoir de conseils ou de leçons de ceux qui ne font rien.

Nous sommes une espèce capable d'apprendre, de changer, de s'adapter, de se guérir, d'échanger, d'aimer ou de se battre pour autre chose que ses propres intérêts. Nous croyons au futur, que nous soyons broyés par la vie ou que nous ayons du mal à trouver ceux qui nous ressemblent. Penser que Mimie est populaire parce qu'elle passe à la télé est une erreur. Les gens l'aiment – nombreux et depuis longtemps – parce que sa personnalité, le cocktail humain qu'elle incarne nous parle, nous touche et nous montre que tout est possible à condition d'y croire et de se bouger.

Je songe à Ray Charles, à qui un journaliste aurait demandé si le fait d'être aveugle n'était pas une malédiction. Il lui aurait simplement répondu : « Vous savez, on trouve toujours plus malheureux que soi… J'aurais pu être noir. »

Je crois que Mimie ne sait pas qu'elle est petite. C'est sa magie à elle.

Mimie, je te remercie du fond du cœur de m'avoir suivi dans cette aventure humaine. Merci de m'avoir fait confiance, merci de ta franchise, merci de ton regard sur ce que je suis. J'ai bien peur que ce projet ne soit que le premier que nous partagions.

Je souhaite aussi remercier chaleureusement Céline Thoulouze, qui a rendu ce livre possible. Je t'avais dit que l'on se retrouverait !

Merci à Jean Arcache de nous avoir soutenus.

Merci à Annie Lecœur pour son aide toujours précieuse.

Merci à Benoist de m'avoir accueilli dans votre quotidien, chez vous.

Merci à Pascale, sans qui rien n'est possible et sans qui, de toute façon, je n'aurais pas envie !

Merci aux femmes et aux hommes, aux associations qui, tous les jours, sur le terrain, aident les gens à trouver leur place.

Merci à vous qui tenez ces pages, j'ai l'espoir que ces quelques mots échangés librement trouveront une utilité en vous. Qui que vous soyez, vous êtes différent. Ne laissez personne vous faire rentrer dans une barquette, ne vous laissez pas calibrer, ce serait le début de la fin de notre espèce. Espérez, tentez, vivez, et apprenez-nous ce que vous aurez découvert.

Où que vous soyez, quelle que soit l'heure, je vous embrasse.

Gilles

Composition et mise en pages
Nord Compo à Villeneuve-d'Ascq

FSC
www.fsc.org
MIXTE
Papier issu de
sources responsables
FSC® C003309

Imprimé en France par CPI
en avril 2017

Dépôt légal : mai 2017
N° d'impression : 3022061